HEYNE BÜCHER

In der Perry-Rhodan-Reihe
sind als Heyne-Taschenbücher erschienen:

Planet der Mock · Band 16/1
Der große Denker von Gol · Band 16/2
Schatzkammer der Sterne · Band 16/3
Sturz in die Ewigkeit · Band 16/4
Die verhängnisvolle Expedition · Band 16/5
Die Tochter des Roboters · Band 16/6
Die Zeitspringer · Band 16/7
Am Rand des blauen Nebels · Band 16/8
Invasion der Puppen · Band 16/9
Die goldenen Menschen · Band 16/10
Im Zentrum der Galaxis · Band 16/11
Die Para-Sklaven · Band 16/12
Sternkolonie Troja · Band 16/13
Die Nacht des violetten Mondes · Band 16/14
Ich, Rhodans Mörder · Band 16/15
Phantom-Station · Band 16/16
Der Flug der Millionäre · Band 16/17
Raumkapitän Nelson · Band 16/18
Die Zone des Schreckens · Band 16/19
Das Gesetz der gläsernen Vögel · Band 16/20
Das tödliche Paradies · Band 16/21
Der Geisteragent aus dem All · Band 16/22
Der Einsame von Terra · Band 16/23
Baumeister des Kosmos · Band 16/24
Terra in Trance · Band 16/368
Das Aralon-Komplott · Band 16/369
Welt der Prospektoren · Band 16/370
Luminia ruft · Band 16/371
Das Gremium der Vier · Band 16/372
Deserteur der USO · Band 16/373
Die Wurzeln des Todes · Band 16/374
Halo 1146 · Band 16/375
Die Toleranz-Revolution · Band 16/376
Tränen vom Himmel · Band 16/377
Die Elixiere von Chubbid · Band 16/378
Sturm der neuen Zeit · Band 16/379
Als die Kröten kamen · Band 16/380
Verlorenes Leben · Band 16/381
Das sterbende Imperium · Band 16/382
ELOHIM II · Band 16/383
Das Bermuda-Loch · Band 16/384
Eisige Zukunft · Band 16/385
Welt über den Wolken · Band 16/386
Hölle Hoch Vier · Band 16/387
Galaktische Rache · Band 16/388
Schach den Cantaro · Band 16/389
Das hohle Paradies · Band 16/390

Perry Rhodan

IM NICHTS GESTRANDET

Die Folge der Hyperraum-Parese – ihr Schiff treibt durch den Leerraum

Ein Weltraum-Abenteuer von

PETER TERRID

Originalausgabe

WILHELM HEYNE VERLAG
MÜNCHEN

PERRY RHODAN
Nr. 16/391

Redaktion: Klaus N. Frick

Wilhelm Heyne Verlag GmbH & Co.KG, München
Printed in Germany 1995
Umschlagillustration: Alfred Kelsner, Bünde
Umschlaggestaltung: Atelier Ingrid Schütz, München
Satz: Franzis-Druck GmbH, München
Druck und Bindung: Ebner Ulm

ISBN: 3-453-09024-1

1.

Sie kennt diesen Traum, hat ihn schon oft geträumt – ein seltsam vertrautes, dennoch ein wenig unheimliches Produkt ihrer Fantasie.

Sie steht am Rand einer steilen Klippe, umgeben von Strandhafer, der sich leise im Sommerwind bewegt. Tief unter sich kann sie den Strand erkennen, das langgezogene Band aus weißem, fast silberfarbenem Sand, auf dem sich zahllose Menschen tummeln. Ihr Rufen und Schreien schallt zu ihr empor; es sind Laute der Freude und der guten Laune. Kinder spielen, mit den Füßen im klaren Wasser. Zwei Dutzend Meter von der Strandlinie entfernt sieht sie die weißen Gischtkämme der Wellen; über ihrem Kopf ziehen Möwen ihre eleganten Bahnen und erfüllen die Luft mit schrillem »Kiiäähhh!«

Wenn sie den Blick hebt, kann sie die Sonne erkennen, wie sie langsam in das Wasser hinabzusteigen scheint, eine große gelbrote Scheibe, vor der schmale dunkle Wolken stehen. Ein Idyll.

Und dann – sie hat längst darauf gewartet, dieser Traum hat immer wieder fast den gleichen Verlauf – verliert sie den Boden unter den Füßen. Sie fällt nach vorn, breitet die Arme weit aus, und dann, nach wenigen Metern eines Sturzes, der sanft in der Magengrube kitzelt, beginnt sie zu schweben. Sie hat die Arme ausgebreitet wie die Schwingen eines großen Vogels, eines Albatros vielleicht, und so zieht sie ihre Bahn über die Landschaft.

Die prickelnde Angst des ersten Augenblicks ist vergangen, geblieben ist ein sanfter Rausch, der nach Freiheit schmeckt, nach Abenteuer und Macht über viele Dinge. Sie fliegt, sie schwebt, und sie genießt jeden Augenblick dieses Erlebnisses.

Es ist ein alter Traum, vielfach gewandelt in zahlreichen Details. Mal ist es ein Gipfel hoch oben in den Bergen, und statt des Strandes blickt sie über Wiesen und Gletscher, mal ist es eine der tiefen Schluchten, die manche Flüsse in die Erde ihres Heimatplaneten gegraben haben. Die Umgebung kann wechseln, aber das Wesentliche ist immer gleich – ein kurzes panisches Schaudern, wenn der Sturz beginnt, und dann schwebt sie und genießt diesen Traum.

Der Flug geht nach vorn, auf die Scheibe der untergehenden Sonne zu, von der sie sich wie magnetisch angezogen fühlt. Immer größer wird das Bild, und es verändert sich. Im Näherkommen wird die Sonne nicht nur gewaltiger, bis sie das ganze Blickfeld ausfüllt, sie wird auch dunkler. Erst ein zusehends düster werdendes Rot, dann langsam sich wandelnd in ein tiefes Schwarz, durchsetzt mit goldenen und weißen Marmorierungen.

Sie fliegt genau darauf zu …

Von einem Augenblick auf den anderen ändert sich alles.

Dunkelheit. Absolute, lichtlose, undurchdringliche Finsternis. Und das Gefühl des leichten, beseeligten Schwebens ist verschwunden.

Statt dessen fällt sie. Stürzt hinab in diese Schwärze, die sie anzusaugen, sie zu verschlingen scheint, tiefer, tiefer, immer tiefer, endlos, grundlos …

Normalerweise wird sie wach, wenn sie sich in diesem Traum dem Grund nähert; gelandet ist sie nie. Sie weiß, sie wird auch dieses Mal nicht aufschlagen. Aber sie wird dieses Mal nicht wach.

Der Sturz geht weiter, immer tiefer hinab in ein absolutes Nichts. Es ist nicht das *Nirwana*, das Sehnsuchtsziel der Buddhisten, es ist vielmehr eine bedrohliche Schwärze; in ihren Gedanken setzt sich die Vorstellung fest, daß es das Böse selbst ist, das sie zu sich herabzieht. Gegen diesen unsichtbaren Zugriff hat sie keine Chance.

Das Fallen hört nicht auf. Ihr Magen revoltiert. Ihr Herz beginnt schneller zu schlagen, sie kann das hektische Schlagen im ganzen Körper spüren. Es ist das einzige Zeichen, das ihr verrät, daß sie noch lebt.

Aber wie lange noch?

Es ist wie ein lang hingezogenes, sich ins Unendliche dehnendes Sterben, ein Warten auf etwas, das sich nicht einstellen will, und mit jeder Minute steigt ihre Angst ins Unermeßliche.

Panik breitet sich in ihr aus, ein namenloses Grauen erfüllt ihr Fühlen und Denken. Ihr Atem geht schnell, keuchend, als werde ihr die Luft knapp. Sie spürt, daß sie am ganzen Leibe schwitzt …

Und es hört nicht auf. Sie schreit jetzt in diesem gräßlichen Alptraum, schlägt um sich, schreit wieder und wieder. Vor irgendwoher erklingt das höhnische Echo ihrer Stimme …

… erst dieser Klang bringt es in ihr Bewußtsein: dies ist kein übler Traum, nicht mehr. Dies ist schreckliche Wahrheit. Sie lebt, sie träumt nicht, sie ist wach und fällt und fällt …

Und plötzlich erinnert sie sich, weiß wieder, wo sie ist …

Lhoreda Machecoul öffnete die Augen. Dunkelheit umgab sie. Sie konnte ihren Atem hören, schnell, stoßweise, erfüllt von Panik. Ihre Hände waren feucht, ihr Herz überschlug sich förmlich und schien dabei ab und zu auszusetzen.

Sie war allein. Sie war in ihrer Kabine an Bord jenes Luxusschiffes, das stolz EMPRESS OF THE OUTER SPACE genannt wurde, im Bordjargon kurz und knapp EOS. *Rhododaktylos eos* – die rosenfingrige Morgenröte, wie sie bei Homer hieß. *Jemand, der sich an Homer erinnert, kann nicht tot sein* – der Gedanke war nicht sonderlich logisch, aber er jagte durch Lhoredas Gehirn, während sie zu begreifen versuchte, was mit ihr geschah.

Langsam erkannte sie das Gefühl wieder. Sie hatte es schon immer scheußlich gefunden und nur wenige Male am eigenen Leib erleben müssen.

Schwerelosigkeit. Sie war schwerelos, daher das entsetzliche Gefühl des unaufhörlichen Fallens. Ihr wissenschaftlich geschulter Verstand sagte ihr, daß dieser Eindruck auch absolut richtig war – sie befand sich tatsächlich in einem Zustand freien Falls.

Und das im Inneren des EOS?

Dafür konnte es nur eine Erklärung geben: eine technische Panne. Ausfall der künstlichen Schwerkraft an Bord, die normalerweise dafür sorgte, daß man sich auf den zahlreichen Decks des Luxuskreuzfahrtschiffes frei und ungehindert bewegen konnte, als ginge man auf der Oberfläche eines Planeten spazieren.

Lhoreda stieß geräuschvoll den Atem aus.

Eine technische Panne. Warum nicht, dergleichen kam vor. Ein Ding, das unter gar keinen Umständen ausfallen konnte, war auch im zwölften Jahrhundert Neuer Galaktischer Zeitrechnung noch nicht erfunden worden.

»Syntron, Licht!«

Keine Reaktion, und blitzartig schlug die Angst wieder zu. Jede Kabine an Bord wurde diskret und ausdauernd von der Bordsyntronik überwacht, die sich nach

Kräften bemühte, jeden Wunsch der Passagiere zu erfüllen. Die EOS-Syntronik hatte eine ausgeprägt weibliche Stimme, der Kommandant hatte sie daher *Hanatoa* getauft. Das Wort stammte aus dem lokalen Dialekt der Albatyden und bedeutete – durchaus passend in diesem Fall, wie Lhoreda Machecoul gefunden hatte – *Zuckerschnute.*

Aber Hanatoa reagierte nicht auf Lhoredas Kommando.

War auch die Bordsyntronik ausgefallen?

Kaum vorstellbar. Das Leben der Galaktiker im zwölften Jahrhundert NGZ war derart abhängig vom perfekten Funktionieren der zahllosen kleinen und großen Syntroniken, daß diese Anlagen gegen Beschädigungen, Fehlfunktionen und Ausfälle mehrfach gesichert waren. Um eine Syntronik von der Kapazität Hanatoas außer Funktion zu setzen, hätte man praktisch die ganze EOS zerstören müssen.

Es sei denn …

Natürlich stand es im Ermessen des Kommandanten, jederzeit die gesamte Technik des Schiffes desaktivieren zu lassen. Lhoreda kannte den Mann, ein hochgewachsener, nicht mehr ganz schlanker Schwarzer: Gharun Ferdinho war ein Könner auf seinem Gebiet, und Lhoreda konnte sich keinen Grund vorstellen, weshalb der Kommandant so etwas hätte tun sollen.

Die erste Berührung war sanft, aber sie kam so überraschend, daß Lhoreda heftig erschrak. Etwas streifte sie am Kopf, sehr sacht und behutsam, gerade noch wahrnehmbar, ein Stück rechts hinter dem Ohr. Unwillkürlich griff sie danach, und einen Herzschlag später schlug sie mit dem rechten Handrücken sehr kräftig gegen Metall.

Mochte die hochwertige Technik dieses Jahrhunderts

auch ausgefallen sein, die simplen Regeln der Physik galten nach wie vor: *Actio est reactio,* die rasche Bewegung ihres Armes sorgte dafür, daß sie den Kontakt zu dem Metall wieder verlor.

Es war dunkel, vollkommen dunkel um Lhoreda Machecoul herum, kohlrabenschwarz, und die einzigen Geräusche, die sie hören konnte, wurden von ihr selbst verursacht. Das waren in diesem Fall ein erschrecktes Aufatmen, dann ein halblauter Fluch.

Der nächste Laut war kräftiger. Lhoreda krachte mit dem rechten Schienbein gegen eine harte Kante, und ein stechender Schmerz zuckte ihr Bein hoch. Unwillkürlich krümmte sie sich zusammen …

Dann begann es ihr zu dämmern. Sie versuchte sich ihre Situation von außen vorzustellen, schlüpfte gleichsam in die Rolle eines neutralen Beobachters. Aus diesem Blickwinkel konnte man sich die Sache recht amüsant vorstellen: Lhoreda driftete vollkommen schwerelos durch ihre Kabine, in der es keinerlei Licht gab, um irgend etwas erkennen zu können – daher war sie von ihrem Zustand auch nicht sonderlich erschreckt worden. Wie sie im Raum hing, ob sie sich bewegte oder nicht – all das ließ sich für Lhoreda nicht feststellen. Es war möglich, daß sie sich unaufhörlich drehte, sich überschlug, daß die ganze Kabine um sie herum zu wirbeln und zu kreisen schien – wenn Lhoreda ihre Umgebung nur hätte wahrnehmen können.

So aber, da sie für ihre Wahrnehmung keinerlei Anhaltspunkte hatte, die Selbstwahrnehmung ihres eigenen Körpers ausgenommen, wurde ihr nicht übel – aber sie hatte auch nicht die geringste Idee, wo im Inneren der Kabine sie sich überhaupt befand. Ein wenig mußte sie sich in der Schwerelosigkeit bewegt haben, anders waren die Kontakte mit der Umgebung nicht zu erklären.

Lhoreda streckte vorsichtig den rechten Arm aus. Nach den Gesetzen, die Isaac Newton entdeckt hatte, mußte die Bewegung ihres Armes zufolge haben, daß sich auch der Rest ihres Körpers bewegte, wenn auch erheblich langsam, entsprechend der Massenrelation von Arm zum Rest des Körpers.

Kontakt! Lhoreda bekam etwas zu fassen, krallte sich fest und zog den Körper heran. Ihre Knie schlugen ziemlich hart auf, aber dann hatte sie endlich wieder – buchstäblich – etwas Greifbares in der Nähe.

Sie spürte Metall in ihrer rechten Hand. Was mochte das sein? Mit der freien Linken – die Rechte durfte den jäh gefundenen Halt nicht verlieren – ertastete sie die Umgebung.

Es dauerte einige Zeit, bis sie alle Informationen gesammelt und zusammengesetzt hatte. Ein wenig kam sie sich vor wie jenes Team von blinden ›Experten‹, das an einem Elefanten herumtastet und es anschließend kaum fertigbringt, die an den Ohren, dem Rüssel, den Beinen oder der Schwanzquaste gewonnenen ›Daten‹ zu einem einheitlichen Bild von dem, was ein ›Elefant‹ sein soll, wissenschaftlich zusammenzufassen.

Sich vorzustellen, daß sie nahezu lotrecht in der Luft hing, mit dem Kopf nach unten, parallel zur halb offen stehenden Tür, die das Schlafzimmer von der Wohnkabine trennte, den Türknopf in der rechten Hand und die Füße irgendwo an der Oberkante der Tür – Lhoreda hatte einige Mühe, das alles zu begreifen, aber schließlich schaffte sie es, und nun wußte sie wenigstens annäherungsweise, wo sie war.

Sie stellte sich die Szenerie vor, mit geschlossenen Augen, obwohl das keinen Unterschied ausmachte. Dann bewegte sie sich vorsichtig weiter. Sie bekam mit der linken Hand etwas zu fassen, was die untere Kante des oberen Teils der Türzarge sein mußte. Richtig, jetzt konnte sie den ganzen Rahmen ertasten, und wenig später berührte sie auch die Decke nahe der Tür. Die ganze Prozedur hatte dazu geführt, daß sie nun mit den Füßen nach unten schwebte und somit wenigstens halbwegs natürlich im Raum hing.

Sobald sie endlich den Wohnraum erreicht hatte, veränderte sich die Szenerie …

Lhoreda war eine Kabine an der Außenwand der EMPRESS OF THE OUTER SPACE zugeteilt worden, nicht ganz nach ihrem Geschmack, hatte sie feststellen müssen. Denn die Außenwand der EOS bestand fast zur Gänze aus Glassit, dick wie Panzerplatten, aber mit optischen Werten ausgestattet, die dafür sorgten, daß von dem Glassit selbst fast nichts mehr zu sehen war – wer in der Wohnkabine stand, hatte das Nichts des Weltraums scheinbar zum Greifen nahe vor sich.

Der Anblick der Sterne, durch keinerlei Atmosphäre getrübt, war atemberaubend – ein unaufhörliches Glitzern, Gleißen und Schimmern auf einem Hintergrund, den man sich schwärzer kaum vorstellen konnte. Aber dieser Zauber wurde, wenigstens für Lhoreda, in der Regel stark durch das Wissen getrübt, daß hinter der unsichtbaren Barriere das Vakuum des freien Weltraums lauerte und mit ihm der schreckliche Tod durch explosive Dekompression.

Nur mit leisem Grausen erinnerte sich Lhoreda an den Streich, der ihr von Daryl Parthenay gespielt worden war – eine Scherzartikel-Folie, die auf dem Glassit plötzlich Sprünge und Risse auftauchen ließ, als würde das Material jeden Augenblick bersten …

Lhoreda lächelte schwach.

Die Sterne, sie konnte sie sehen. Zehntausende mußten es sein. Gelbe Sterne wie die Sonne, Riesen und

Zwerge, rote Überriesen, Doppelsterne. Dazwischen Wolken kosmischer Gase, teilweise die staubförmigen Überreste ganzer Planetensysteme, die manchmal von innen her leuchteten, weil sie das Licht naher Sterne aufgeheizt hatte.

Auf dem Boden der Erde hätte dieses Licht vielleicht nicht ausgereicht, aber hier, einige tausend Lichtjahre von der Erde entfernt, nahe einem unbedeutenden Kugelhaufen, gaben die Sterne genügend Licht, um Lhoreda endlich wieder etwas erkennen zu lassen. Außerdem hatten sich ihre Augen inzwischen an die Spärlichkeit dieses Lichtes gewöhnt.

Sie stieß einen langen Seufzer der Erleichterung aus.

Im Grunde hatte sich an ihrer Lage nichts wesentliches geändert, aber das bißchen Licht hellte auch Lhoredas Mut auf. Ein paar Male zwischendurch war sie sich vorgekommen wie in einem Experiment zur sensorischen Deprivation, und sie wußte, daß dieses Abschneiden der menschlichen Wahrnehmung von allen äußeren Reizen die Opfer nach einiger Zeit restlos zermürbte und sie nicht selten als Psychotiker oder eingesponnen in lallenden Irrsinn hinterließ.

Es gab Licht, sie konnte etwas sehen, sich an ihrer Umgebung orientieren. Endlich hatte sie das Gefühl, wieder etwas für sich selbst tun zu können!

Lhoreda trieb zur Kabinentür hinüber.

Normalerweise wurde dieses Schott von der Überwachungssyntronik auf Befehl geöffnet oder geschlossen; es genügte ein knapper mündlicher Befehl, weil Hanatoa die charakteristischen Stimmerkmale der Passagiere gespeichert hatte und vergleichen konnte. Es genügte auch, die Handfläche auf die Kontaktplatte zu legen; dann wurden von der Syntronik Handlinienmuster und Individualschwingungsmuster überprüft und danach entschieden, ob der oder die Zutrittsuchende berechtigt war oder nicht. Der Vorgang lief so schnell und gewohnheitsmäßig ab, daß kaum jemand noch einen Gedanken daran verschwendete.

So lange die Syntronik funktionierte …

Aber Hanatoa schwieg. Die Tür war verschlossen. Sie bestand aus modisch verkleidetem Stahl, vakuum- und druckfest, beim Ausfall der hochwertigen Schlösser praktisch nur mit Waffengewalt zu öffnen.

Lhoreda hatte nie darauf geachtet, aber als sie jetzt begann, mit einer Faust auf die Tür zu trommeln – mit der anderen Hand mußte sie sich festhalten, um vom eigenen Schwung nicht hinausgetragen zu werden zur unsichtbaren Außenhaut –, schien der Klang dieser Hiebe anzudeuten, daß die Tür viel zu dick war, um sich auf diese Weise mit der Außenwelt in Kontakt setzen zu können.

Lhoreda preßte die Lippen aufeinander.

Es gab nichts, was sie jetzt noch tun konnte, gar nichts. Ihr blieb nichts anderes übrig, als zu warten.

Zu warten, bis die Technik wieder funktionierte. Zu warten, bis jemand kam und sie aus dieser Notlage befreite – falls jemand kam. Zu warten, bis sie Hunger bekam oder Durst. Hungern konnte ein Mensch sehr lang, wenn er genügend gespeichert hatte – was bei Lhoreda aber nicht der Fall war. Durst ertrug man nur wenige Tage, aber vielleicht gaben die Leitungen ja noch etwas her.

Falls allerdings die gesamte Bordtechnik ausgefallen war, wirklich komplett, dann würde garantiert auch die Zufuhr mit Atemluft ausgefallen sein. Und das hieß, daß Lhoreda warten konnte, bis sie in ihrem luftdicht abgeschlossenen Luxusappartement erstickte.

War sie aus ihrem gräßlichen Alptraum nur deswegen aufgewacht, um in einer Wirklichkeit zu landen, die derart mit Grauen gespickt war, daß Lhoreda Machecoul sich fast schon in den Alptraum zurückzuwünschen begann …?

2.

Natürlich zeigte auch die Uhr nichts an. Der Chronometer an Lhoredas Handgelenk war modern, und das hieß: syntrongesteuert. In einem anderen Punkt allerdings war er altmodisch, und das war die Anzeige: Sie ließ sich ablesen, und daher wußte Lhoreda Machecoul, daß das Verhängnis am 10. Januar 1200 NGZ begonnen hatte, exakt um 05:33:00 Terrania-Zeit, die auch an Bord der EMPRESS OF THE OUTER SPACE galt.

Wieviel Zeit allerdings seit dem frühen Morgen vergangen war, das ließ sich nicht ermitteln. Nach Lhoredas Gefühl hatte sie viel zu wenig geschlafen, war also offenbar kurze Zeit nach dem Unheil erwacht. Seither allerdings hatte sich die Zeit ins Endlose gedehnt; ihren vagen Gefühlen nach, von denen sie aber wußte, wie trügerisch sie waren, mußten mindestens zehn bis zwölf Stunden vergangen sein, seit sie in das schwerelose Dunkel hinein erwacht war.

Und seither hatte sich nichts getan.

Die Syntronik war nicht reaktiviert worden. Der Interkom hatte sich nicht gemeldet. Niemand hatte gegen die Tür oder die Kabinenwand gehämmert. Es war einfach gar nichts passiert. Als sei an Bord der EMPRESS OF THE OUTER SPACE keine Menschenseele mehr an Lhoreda Machecoul interessiert. Serviceroboter, ebenfalls syntrongesteuert, standen natürlich nicht mehr zur Verfügung, sich um die Passagiere zu kümmern.

Lhoreda kannte die Zahlen recht genau: Die EMPRESS OF THE OUTER SPACE hatte zur Zeit rund 1750 Passagiere an Bord gehabt, das Schiff war nicht komplett ausgebucht gewesen beim Start. Hinzu kamen rund eintausend Menschen, meist junge Frauen und Männer, die zum Service gehörten, sich also um das Wohl und Wehe dieser Passagiere kümmerten, assistiert von einer Division von rund 5000 erstklassigen, hochwertigen und sehr teuren Robotern, die jetzt sicher ebenso erstklassigen, völlig nutz- und wertlosen Schrott darstellten.

Die Führung des Schiffes und die gesamte Abteilung der raumfahrerischen Technik war 348 Frauen und Männern anvertraut worden, an deren Spitze Gharun Ferdinho stand. Diese rund 350 Menschen stellten jenes Team dar, in dessen Hände nun das Leben und die Sicherheit der Passagiere lag.

Irgend jemand, in der Zentrale oder anderswo, mußte inzwischen ja wohl mitbekommen haben, was passiert war. Hilfe war also unterwegs – falls Hilfe überhaupt möglich war.

Immer wieder versuchte Lhoreda, die über eine hinlänglich gute technische Ausbildung verfügte, sich vorzustellen, was überhaupt passiert sein konnte. Leider schieden die meisten Möglichkeiten bereits nach kurzer Zeit wieder aus. Eine Havarie? Dann hätte wenigstens ein Teil der Anlagen funktionieren müssen. Syntroniken wie Hanatoa waren dezentral und regenerativ: Wenn man einen Teil zerstörte, sprang ein anderer Teil sofort ein. Eine Meuterei? Lhoreda konnte sich das kaum vorstellen, aber immerhin: Sie war Kriminalistin und an Überraschungen gewöhnt. Warum also nicht

Meuterei? Aber auch die Meuterer brauchten ein funktionstüchtiges Schiff; und eine Syntronik wie Hanatoa auszuschalten, dazu war keine Meutererbande fähig. Hanatoa hatte garantiert entsprechende Anweisungen für den Notfall – an der Oberfläche gehorchen, um eventuelle Geiseln nicht zu gefährden, im Untergrund aber schon den Gegenschlag vorbereiten ... Nein, Meuterei oder dergleichen schied ganz sicher aus.

Außerdem ...

Das Schlimmste war, daß es keine Schwerkraft gab. Dieser Umstand mußte jeden, ob Täter oder Opfer, außerordentlich behindern. Menschliches Handeln als Ursache für diesen Zustand kam nach Lhoredas Überlegungen deshalb nicht in Frage.

Blieb technisches Versagen. Aber auch mit diesem Kalkül kam Lhoreda nicht weiter. Ein derart weitreichender Ausfall der Schiffstechnik war kein Schaden, kein Unfall, es hätte eine regelrechte Katastrophe gegeben haben müssen, und davon hätte Lhoreda selbst im Schlaf etwas merken müssen.

Es gab eine Möglichkeit, diese These wenigstens teilweise zu überprüfen. Lhoreda schluckte, als sie daran dachte, aber sie nahm ihren Mut zusammen. Ihren ganzen Mut: Statt sich an den Wänden entlangzuhangeln bis zur Außenwand, stieß sie sich von der Türseite ab und schwebte durch den ganzen Wohnraum genau auf die Sterne zu, die hinter dem unsichtbaren Glassit lagen.

In Lhoreda krampften sich sämtliche Eingeweide zusammen, als sie die Nähe der Wandung erreicht. Noch ein paar Dezimeter, und sie würde hinaustreiben in die Unendlichkeit ... rettungslos verloren ...

Das Glassit hielt sie auf. Sie fing den Aufprall federnd ab und schaffte es, sich am Rand des Fensters festzukrallen. Von dort aus konnte sie einen großen Teil der EMPRESS OF THE OUTER SPACE überblicken.

Die EMPRESS OF THE OUTER SPACE bestand aus drei Segmenten, zwei Kegeln und einer Kugel dazwischen. Die Triebwerke waren in den hinteren Teilen der Kegel untergebracht, die Passagiere hatten ihre Kabinen in den oberen Teilen. Die obere Hälfte der Kugel barg die diversen Unterhaltungsräumlichkeiten der EOS, die großen Speisesäle, Sportanlagen und dergleichen. Der untere Teil war für die Technik und deren Mannschaft reserviert; die menschlichen Bediensteten des Service waren in der Regel ebenfalls in den Kegeln untergebracht, allerdings im Inneren, entlang der Längsachse, ohne den kostbaren und teuren Ausblick der Passagiere in den freien Weltraum.

Lhoreda hätte ursprünglich eine solche Kabine vorgezogen. Die Idee mit der transparenten Hülle der EOS machte sich in den Trivideo-Prospekten sicherlich ganz toll, sie selbst konnte sich nur wenig damit anfreunden. Aber man hatte ihr keine andere Wahl gelassen.

Lhoreda Machecoul preßt das Gesicht an die Glassitwand. Sie schauderte, als sie die Kälte an ihren Wangen spürte.

Richtig: Offenbar war auch die Heizung ausgefallen, und nun kühlte die EMPRESS OF THE OUTER SPACE in den Weltraum hinein aus. Irgendwann, nach welcher Zeit, vermochte Lhoreda nicht einmal zu schätzen, würde das ganze Riesenschiff die gleiche Temperatur angenommen haben wie der sie umgebende Weltraum: einige wenige Grade über dem absoluten Temperaturnullpunkt bei Null Kelvin.

»Prächtig«, murmelte Lhoreda; es war das erste Wort, das sie seit Stunden hervorgebracht hatte, und sie erschrak, als sie ihre eigene Stimme hörte. Sie war auch

Verhör- und Befragungsspezialistin, und sie wußte den Klang einer Stimme zu deuten, ihre Untertöne herauszuspüren. Und diese Stimme gehörte einer Frau, die mit letzter Kraft versuchte, ihre Nerven beieinander zu halten: krächzend, mehr Mut und Tapferkeit ausdrückend, als wirklich zur Verfügung stand, mit Tränen und Schreien der Verzweiflung, die im Hintergrund auf den Ausbruch warteten, jede Faser zum Zerreißen angespannt.

»Die Kälte wird unsere Leichen für die Ewigkeit konservieren …«

Nein, das klang nicht nach jenem grimmigen Humor im Angesicht des Todes, der als Männermythos die Jahrtausende überdauert hatte – wenigstens in den einschlägigen Produkten der Unterhaltungsindustrie. Es klang …

Lhoreda konnte beträchtliche Teile der EOS überblicken, und sie konnte sehen, daß das Schiff äußerlich völlig unbeschädigt wirkte. Nirgendwo verzogene Trümmer oder klaffende Lücken, wie sie nach einer Explosion im Inneren des Schiffes oder nach einem Zusammenstoß mit einem anderen Körper zu erwarten gewesen wären. Nichts dergleichen, die EOS trieb ruhig, still und auf seltsame Art und Weise friedlich durch den Weltraum, wie ein technischer Leichnam, der sie ja auch war.

Lhoreda stieß wieder einen langen Seufzer aus. Seit einigen Stunden schon geisterte eine gräßliche Fantasie durch ihren Kopf …

… ein Trümmerstück, das von einem großen Schiff übrig geblieben ist, kaum größer als ein paar hundert Kubikmeter. Scharfe, zerfetzte Kanten, verdrehte, verbogene, angeschmolzene Streben und Wandungen, nicht mehr als ein Trümmerstück eben, ohne eigene technische Versorgung, still, stumm, leblos …

... bis auf die eine Person, die – gleichsam durch ein auf grausame Weise gegen sie gerichtetes Wunder der Schicksalsmächte – in diesem Trümmerstück überlebt hat. Während alle anderen im Bruchteil einer Sekunde umgekommen sind, als der Asteroide das Schiff zerfetzte, hat dieser eine Passagier überlebt. Überlebt, nicht etwa, um davonzukommen und gerettet zu werden; nein, überlebt nur, um auf langsamere, grauenvollere Art und Weise sterben zu können ...

Diese Fantasie hatte sich nicht bewahrheitet. Die EOS wirkte äußerlich völlig intakt, und Lhoreda wartete nur darauf, daß endlich die Lichter wieder aufflammten, die Schwerkraft einsetzte, die Wärme zurückkehrte und die Technik dieser modernen Zeit das Grauen und die Angst der Lhoreda Machecoul für immer vertrieb.

Lhoreda stieß ein Ächzen aus.

Hatte sich da etwas bewegt? Sie sah schärfer hin.

Zum ersten Mal seit Stunden konnte Lhoreda etwas sehen, das sich bewegte. Es schob sich schräg von oben ganz langsam in ihr Blickfeld. Es sah zuerst dunkel aus, wurde dann aber plötzlich heller. Lhoreda konnte erkennen, was es war ...

Eine Hand, ein Arm, gehüllt in einen SERUN, einen der nahezu perfekten modernen Raum- und Kampfanzüge. Und diese Hand ... Die Finger bewegten sich schwach, der Arm veränderte seine Lage. Es steckte jemand in dem Anzug, und er bewegte sich darin. Er lebte.

Tränen liefen Lhoreda über das Gesicht. Sie war nicht die einzige Überlebende, sie war nicht allein. Wer immer dort draußen war, er war gekommen, um sie herauszuholen und zu retten. Er brachte sogar Licht mit sich, einen Handscheinwerfer. Das Licht war auf die Hülle der EOS gerichtet, wurde von dort reflektiert und strahlte derart den SERUN selbst an, so daß er gut zu sehen war.

Die Person im SERUN bewegte sich nur sehr, sehr langsam, Zentimeter für Zentimeter schob sich die Gestalt seitwärts vor die Außenwand von Lhoredas Kabine. Die Person konnte nicht mehr als drei oder vier Meter von dem Glassit entfernt sein.

Es konnte also nur mehr eine Frage von wenigen Minuten sein, bis Lhoreda gerettet wurde. Unwillkürlich blickte sie auf den Chronometer. Die Anzeige war die alte: 10.1.1200 NGZ, 05:33:00 Uhr, Terrania-Zeit …

Es war in diesem Augenblick, daß das Grauen wieder zuschlug, härter, starrer, eisiger, als Lhoreda jemals hatte vorstellen können.

Denn von einem Herzschlag auf den anderen wurde ihr bewußt, wie sehr sie sich geirrt hatte.

Ihr Chronometer stand, weil die winzige Syntronik nicht funktionierte. Es gab keine Schwerkraft, weil die ganze syntrongesteuerte Technik der EOS ausgefallen war; Hanatoa antwortete nicht mehr, auch die große Syntronik war inaktiv …

… ebenso wie die winzigen Syntroniken, die Pikosyns, in den technischen Geräten des SERUN. Sie steuerten das medizinische System, sie sorgten für die Frischwasseraufbereitung, sie regelten die künstliche Schwerkraft, den Antrieb, fast alles …

Ohne die Pikosyns war ein SERUN nicht mehr als ein annähernd körpergeformter menschengroßer Luftballon …

Der Strahl des Handscheinwerfers bewegte sich nicht nur im gleichen Maß wie der treibende Körper im SERUN. Er wurde jetzt geschwenkt, nur wenig, aber der Strahl war jetzt auf Lhoreda und ihre Kabine gerichtet. Lhoreda konnte ihre Umgebung sehen, die Einrichtung des Wohnzimmers. Und in dem reflektierten Licht konnte sie den SERUN erkennen.

Jemand lebte darin. Jemand, der oder die den Handscheinwerfer ein wenig im Handgelenk geschwenkt hatte. Jemand, der in diesem angeblich rettenden Anzug an der Hülle der EOS vorbeiglitt. Zwei oder drei Meter entfernt, zwei oder drei Meter zuviel. Eine heftige Bewegung, und die Person wäre noch weiter abgetrieben worden, hätte begonnen, sich im freien Fall zu überschlagen. Es gab nichts, was der Mensch vor ihr im Inneren dieses SERUN noch zu seiner Rettung tun konnte. Die Anlagen seines Anzuges wurden von einem Pikosyn gesteuert, und der funktionierte nicht mehr, so wenig wie Hanatoa oder Lhoredas Chronometer.

Es war in diesem Augenblick, daß Lhoreda begriff, was geschehen war, aber in diesen Minuten war ihr der Gedanke zu abstrakt und zu unwichtig, um sich dabei aufzuhalten. So sehr sie sich auch dagegen stemmte, sie brachte es nicht fertig, sich abzuwenden. Sie blickte immer weiter hinüber zu der todgeweihten Person in dem SERUN.

Er oder sie verhielt sich ruhig. Kein Anzeichen von Panik. Das Helmvisier war geschlossen, halbverspiegelt. Man konnte das Gesicht der Person hinter dem Visier nicht sehen, aber Lhoreda konnte – wegen der Wölbung des Helmglases stark verzerrt – ihre Kabine sehen, sogar ihr eigenes Gesicht. Es war eine fahlweiße Maske des Grauens, der tödlichen Erstarrung.

Die Person wußte Bescheid, Lhoreda hatte keine Zweifel. Diese Person wußte, daß sie unrettbar verloren war; sie konnte nichts mehr für sich tun. Da alle komplizierteren Systeme ausgefallen waren, war die Lebensspanne begrenzt durch den Sauerstoffvorrat, der nicht mehr aufgearbeitet werden konnte. Sobald die Atemluft aus dem kleinen Tank verbraucht war, war alles vorbei.

Bis dahin konnten Stunden vergehen. Entsetzlich lange Stunden, gräßlich kurze Stunden, es hing vom Zustand der Psyche ab, von der Art der Gedanken, mit denen sich die Person abgab bis zu ihrem Ende.

Lhoreda sah ihr Gesicht in diesem gräßlichen Spiegel, und sie wußte, daß der andere dieses Gesicht sehen konnte – vielleicht das letzte Menschengesicht, das er in seinem Leben erblicken würde. Vielleicht waren diese Augenblicke, in denen der Körper im SERUN langsam wie eine träge driftende Wolke am Himmel seine Bahn an Lhoredas Kabinenfenster vorbei beschrieb, die letzten Kontakte dieses Unglücklichen zur Wirklichkeit und zum Leben überhaupt ...

Lhoredas Lippen zuckten. Sie versuchte sich zu beherrschen, weder in Schreien noch in Tränen auszubrechen. Wenn es dem anderen gelang, Fassung zu bewahren, dann war sie es ihm schuldig, ebenfalls nicht hysterisch zusammenzubrechen. Aber es war so entsetzlich schwer ...

Sehr langsam bewegte der SERUN die rechte Hand. Sie ballte sich zur Faust, der Zeigefinger ragte hervor, deutete auf etwas hinter Lhoredas Rücken.

Lhoreda wandte den Kopf.

Dunkles Rot im Metall ihrer Tür, dort, wo das Schloß saß: Hilfe war gekommen, sie wurde freigeschweißt. Es gab also noch Leben in der EOS, Menschen, die sich um Eingeschlossene kümmerten und sie herausholten. Lhoreda stieß einen langen Seufzer aus.

Gerettet! Unwillkürlich wandte sie den Kopf, wollte danken für den freundlichen Hinweis ...

War es ein tröstlicher Gedanke für diese Person, die unaufhaltsam hinausdriftete in das Grauen ihres langsamen Sterbens, daß sich vor ihren Augen Lhoredas Rettung angedeutet hatte? Und wenn nicht, was an

Empfindungen mochten diese Person statt dessen beherrscht haben?

Die schwache Bewegung des rechten Armes hatte ausgereicht, die Person aus der Balance zu bringen. Während sie nach wie vor fast parallel zur Bordwand trieb, begann sie sich nach hinten um die eigene Achse zu drehen; der Lichtstrahl des Handscheinwerfers wanderte entsprechend – durchs Leere, durchs Nichts, dann plötzlich auf die Bordwand treffend, für ein paar hastige Sekunden Lhoredas Kabine ausleuchtend und dann wieder ins Leere zerstrahlend.

Lhoreda wandte den Kopf. Weißglühendes Metall an der Tür. Der Durchbruch stand kurz bevor.

Funken sprühten in Lhoredas Kabine. Sie preßte sich gegen die Wand, nicht fähig, den Raum zu wechseln. Wieder blickte sie hinaus in die Schwärze des Leerraumes. Ein Blinklicht aus der Unendlichkeit war alles, was sie sehen konnte; es wurde zusehends schwächer, driftete davon.

Das Zischen hinter ihrem Rücken hörte auf, die Hitze, die von dem zerschmolzenen Stahl ausging, breitete sich im Raum aus, deutlich konnte Lhoreda sie in ihrem Rücken spüren. Ihre Lippen zuckten immer noch, als sie langsam den Kopf wandte. Wieder fiel Licht aus einem Handscheinwerfer in ihre Kabine, dieses Mal vom Gang aus.

»Lhoreda?«

Eine bekannte Stimme. Thayer Brenstin, der junge Steward. Der Klang verriet Sorge, die Lhoreda wohltat.

»Ich bin hier!«

Es dauerte noch einige Minuten, bis die Tür geöffnet werden konnte. Der Stahl hatte sich unter der Hitzeeinwirkung ausgedehnt, die Tür klemmte im Rahmen und mußte erst wieder auskühlen, bevor sie sich bewegen ließ.

Lhoreda konnte sehen, daß es auf dem Gang ebenso dunkel war wie in ihrer Kabine; Licht kam nur von den Handscheinwerfern, deren Strahlen gespenstisch durch das Schwarz zuckten. Und selbstverständlich herrschte auch auf dem Gang die Schwerelosigkeit, die Lhoreda zu schaffen machte. Sie sah, wie eine Gestalt in den Raum geschwebt kam.

In der seltsamen Beleuchtung wirkte das vertraute Gesicht wie eine Gespenstermaske, vor allem wegen der Frisur: Wie fast alle menschlichen Bediensteten an Bord trug Thayer Brenstin die Haare kurzgeschoren und als vorn offenen Tonsurkranz. Mode hin oder her, Lhoreda fand diese Haartracht nicht besonders kleidsam. Außerdem schätzte sie es, in der Mähne ihres jeweiligen Partners herumzukraulen, und dafür war Thayers Frisur überhaupt nicht geeignet. Ansonsten allerdings …

Lhoreda drängte diese Erinnerungen zurück.

»Wie geht es dir?« erkundigte sich Brenstin.

»Den Umständen entsprechend«, antwortete Lhoreda. Den Umständen entsprechend – eine andere Redensart kam wohl nicht in Frage.

»Also lausig, wie uns allen«, murmelte der Steward.

»Was ist überhaupt passiert?« wollte Lhoreda wissen. Erst jetzt wurde ihr bewußt, daß sie nur ein dünnes Nachthemd trug, das bei entsprechender Beleuchtung geradezu durchsichtig wirkte. Was Thayer Brenstin anging, konnte das nicht weiter stören, aber den anderen Rettern wollte Lhoreda sich lieber nicht in diesem Aufzug präsentieren, obwohl zu vermuten stand, daß der Besatzung alles andere als nach lüsternen Gedanken zumute war. »Eine Havarie?«

»Ich habe nicht die leiseste Ahnung«, antwortete

Brenstin gepreßt. »Jedenfalls funktionierte die ganze verdammte Technik nicht mehr. Der Kommandant schickt mich, er möchte dich sehen.«

»Und die anderen Passagiere ?« Lhoreda dachte an den Unglücklichen, der in diesem Augenblick … nein, besser nicht daran denken!

»Panik, Schock, Verwirrung«, gab Brenstin zurück, während Lhoreda sich umzog, ein Unterfangen, das sich in der Schwerelosigkeit sehr umständlich anließ. »Der Kommandant hat angeordnet, daß sich alle in der großen Messe treffen, im Speisesaal.«

Lhoreda war endlich fertig.

»Du wirst mich führen müssen«, erklärte sie, als sie ihre Kabine verließ. »Schon bei hellem Licht finde ich mich in diesem Labyrinth nicht zurecht.«

Thayer Brenstin kam mit der Schwerelosigkeit erheblich besser zurecht als Lhoreda. *Wurde so etwas bei der Schulung des Personals trainiert, für alle Fälle?* fragte sich Lhoreda.

Der Weg durch die verdunkelte EOS hatte etwas von einem bizarren Alptraum an sich. Auf den Gängen gab es nicht einmal Sternenlicht, nur die Scheinwerfer, dazu ein paar Notbeleuchtungen, die ein sanftes grünes Glühen verbreiteten, das prächtig zur Stimmung paßte.

Überall stießen Lhoreda und Brenstin auf verwirrte Menschen; offenbar war die gesamte Besatzung der EOS ausgeschwärmt, um die Passagiere aus ihren jeweiligen Kabinen zu befreien, und viele der Eingeschlossenen waren einer Panik so nahe gewesen wie Lhoreda. Die Finsternis und die Schwerelosigkeit, dazu die unheimliche Stille in den Kabinen, waren mehr, als die meisten zu ertragen vermochten. Der Schock saß tief; Lhoreda konnte Frauen und Männer schluchzen und stammeln hören, die Besatzung wurde mit Fragen bestürmt, die sie nicht beantworten konnte. Zudem hatten diese Männer und Frauen ebenfalls größte Schwierigkeiten, sich zurechtzufinden.

In der Kabinenflucht des Kommandanten war es vergleichsweise hell; ein halbes Dutzend Scheinwerfer schwebte in der Luft und schuf eine Beleuchtung wie aus einem Schauerfilm, und der Kommandant selbst, groß, massig und mit einer Haut wie poliertes Ebenholz wirkte wie eine Figur, die geradewegs aus der Unterwelt emporgestiegen wirkte.

Einer der technischen Offiziere der EOS war gerade dabei, Einzelheiten zu erklären.

»Die ersten Anzeichen haben sich schon gestern abend bemerkbar gemacht«, berichtete die Frau. »Gegen 22:17 Uhr Schiffszeit.«

Das entsprach, wie Lhoreda wußte, der Standardzeit, die für Terrania galt. Raumschiffe nahmen für gewöhnlich die Ortszeit ihres Abflughafens mit, damit sich die Passagiere und Besatzungsmitglieder nicht umzugewöhnen brauchten, und die Reisen selbst wurden mit Bedacht so eingeteilt, daß man am jeweiligen Ankunftsort nahezu die gleiche Tageszeit wie an Bord vorfand.

»Die Auswirkungen waren die gleichen wie jetzt auch: völliger Ausfall aller Fünf-D-Systeme, also Antrieb, künstliche Schwerkraft, Energieerzeugung, Hyperfunk, Transmittertechnik und was sonst noch. Ach ja – und die Syntronik arbeitete auch nicht mehr. Dieser Zustand war aber nur von kurzer Dauer.«

»Du warst zu dieser Zeit im Dienst?«

»Stimmt, Kommandant. Wie bereits gesagt, es hat nur ein paar Augenblicke gedauert …«

»Woher weißt du dann so genau über alle technischen Konsequenzen Bescheid?« wollte Gharun Ferdinho wissen.

»Die Syntronik hat danach sofort eine Bestandsaufnahme gemacht«, antwortete die Ingenieurin. »Wirkliche Schäden konnten nicht festgestellt werden, alles funktionierte danach genau so wie vorher.«

»Seltsam«, murmelte der Kommandant; er blickte Lhoreda kurz an, nickte ihr zu und wandte sich dann wieder an seinen Offizier. »Weiter«

»Ich habe danach vorsichtshalber Katastrophenalarm ausgelöst, stillen Alarm.«

»Was heißt das?« fragte Lhoreda dazwischen. Ein kurzer Blickwechsel gab der Ingenieurin Anweisung zu antworten.

»Alle Rettungseinrichtungen werden aktiviert, das Schiff wird kollisionsfest gemacht, das heißt, daß alle Schotten geschlossen werden, um Vakuumeinbrüche lokal zu halten, Notenergieerzeuger werden auf schwache Leistung geschaltet, um im Notfall sofort einsatzbereit zu sein, und dergleichen mehr.«

Lhoreda nickte. Jetzt war klar, warum sämtliche Türen solide verriegelt gewesen waren und man sie hatte freischweißen müssen.

»Warum habe ich nichts davon erfahren?« wollte Ferdinho wissen. Er rieb sich mit der rechten Hand den Hinterkopf.

»Ich...« Die Ingenieurin holte schnell Luft. »Ich hatte Angst, falschen Alarm zu geben. Es ging sehr schnell, und danach war nichts mehr zu bemerken. Wenn das falsch gewesen ist ...«

»... dann ist es ein Fehler, den ich wahrscheinlich auch gemacht hätte«, gab Gharun Ferdinho zu. »Mach dir deswegen keine Vorwürfe, es hätte ohnehin nichts geändert, wenn ich geweckt worden wäre. Fahr bitte fort!«

»Ich habe zufällig kurz vorher auf die Uhr geschaut,

da war es 5:32 Uhr Schiffszeit, und dann war alles aus. Totaler Ausfall aller Bordsysteme, aber dieses Mal auf Dauer. Der Zustand, wie wir ihn jetzt haben. Nichts funktioniert mehr.«

Lhoreda warf unwillkürlich ein Blick auf ihren Chronometer. Die Anzeige war unverändert. 5:33 Uhr.

»Wie spät ist es jetzt?«

Allgemeine Ratlosigkeit, niemand konnte eine Antwort geben.

Devlin Brox, an Bord der EMPRESS OF THE OUTER SPACE zuständig für alle Formen der Unterhaltung, vor allem als Organisator interessanter Landspaziergänge, machte ein vages Handzeichen.

»Wir werden den Paxen einiges zu erklären haben«, warf er ein. »Wahrscheinlich sind die Leute jetzt halb irre vor Angst und Aufregung.«

»Oder sie nehmen es als neue Attraktion dieser Reise«, bemerkte Lhoreda. Paxe war, wie sie wußte, die intern übliche Bezeichnung für Passagiere; daß PAX das lateinische Wort für Frieden war, mußte wohl als subtile, wenn auch ungewollte Ironie bezeichnet werden. »Es wird von uns abhängen, wie sie reagieren. In jedem Fall werden sie jede Menge Fragen haben.«

»Fragen habe ich auch«, knurrte Gharun Ferdinho grimmig. »Nur mit den Antworten sieht es schlecht aus. Hat jemand eine Ahnung, was eigentlich genau passiert ist?«

»Ich tippe darauf, daß Hanatoa irgendwie ausgefallen ist«, warf ein Mann aus dem Hintergrund ein. Vor Lhoredas Augen sank langsam eine der Lampen vorbei. Sie griff behutsam danach, stellte die Lampe senkrecht und ließ sie knapp über ihrem Kopf in der Luft stehen. »Es paßt alles ins Bild – schließlich wird fast das gesamte Schiff von der Syntronik überwacht.«

»Darüber habe ich nachgedacht«, machte sich Lhoreda bemerkbar; sie lächelte schwach. »Während ich auf das Rettungskommando gewartet habe. Hanatoa ist dezentral organisiert. Möglich, daß sie teilweise ausfällt, aber niemals mit sämtlichen Funktionen. Außerdem sind solche Abstürze von Syntroniken so gut wie unbekannt. Des weiteren: Wenn es einen ersten Ausfall gestern abend gegeben hat, müßte die Syntronik einen Selbsttest vorgenommen haben – und dabei wäre ihr mit Sicherheit nicht entgangen, daß sie anfällig gewesen ist für irgendwelche Schäden.«

Ferdinho nickte und stieß einen Seufzer aus.

»Das klingt logisch«, sagte er leise. »Hilft uns aber auch nicht weiter in diesem Fall.«

Ein Decksteward erschien in der offenen Tür der Kabine; er zeigte ein Gesicht, das Besorgnis ausdrückte.

»Alle Passagiere geborgen, Kommandant«, meldete er. »Sie sind jetzt im großen Saal, und sie sind verdammt aufgeregt.«

Selbst einem so erfahrenen Raumfahrer wie Gharun Ferdinho unterliefen Fehler. Er wollte sich aufrichten, so wie er es gewöhnlich getan hätte, aber dieses Mal führte die Bewegung nur dazu, daß er durch die Kabine zu kreiseln begann, bis ihn jemand einfing und wieder ruhig stellte. Ferdinho murmelte einen Fluch, der erstaunlich melodisch klang.

»Ich werde anschließend mit den Leuten reden«, verkündete er. »Du ...« – der Finger wies auf Devlin Brox – »... und du« – dieses Mal war die Ingenieurin gemeint – »... ihr werdet mich begleiten.«

Er zögerte und blickte dann Lhoreda an.

»Dein Fachgebiet ist Kriminalistik«, sagte er nachdenklich. »Nicht gerade das, was wir jetzt brauchen.

Aber ich vermute, daß du auch als Psychologin zu gebrauchen bist. Willst du mitkommen?«

Lhoreda nickte sanft – sanft, damit die Bewegung sie nicht von der Stelle hob. An Schwerelosigkeit, soviel stand für sie fest, würde sie sich nie gewöhnen, niemals.

»Dann los«, entschied der Kommandant. Als er an Lhoreda vorbeischwebte, hielt sie ihn kurz fest. Ein Vorteil: Es kostete sie kaum Kraft und Mühe, den Kommandanten zu sich heranzuziehen, bis ihr Mund dicht an seinem Ohr war.

»Eines dürfen wir nicht vergessen«, sagte sie sehr leise. »Wir haben Daryl Parthenay an Bord ...«

Gharun Ferdinho murmelte eine Verwünschung.

3.

Unter anderen Umständen hätte der Anblick an eine Kathedrale während einer Feierstunde erinnert. Ein stark abgedunkelter Raum, nur wenig Licht, dazu Hunderte von Menschen, die schweigend warteten. In der Luft lag eine Stimmung, die nach Angst schmeckte.

»Guten Morgen«, wünschte Gharun Ferdinho, als er die Mitte des Raumes erreicht hatte. »Dies als erste Information – wir haben zur Zeit Vormittag, auch wenn wir nichts davon merken. Ich bedauere mitteilen zu müssen, daß das Frühstück erst einmal ausfällt.«

»Es gibt Schlimmeres«, erklang eine Stimme, die grimmigen Humor verriet. »Uns ist mehr an der Wahrheit gelegen als an Croissants mit Gatas-Honig.«

»Trotzdem, ein starker Kaffee wäre jetzt nicht schlecht«, warf eine Frau ein.

»Geht dein Puls so langsam?« fragte Gharun Ferdinho

lächelnd; der magere Scherz erreichte sein Ziel. Es kam Gelächter auf, die Stimmung entspannte sich etwas.

»Zur Lage ...!«

Gharun Ferdinho verhielt sich so, wie man es von ihm erwarten konnte; als Kommandant eines Luxus-Kreuzfahrtschiffes mußte man auch ein wenig Massenpsychologe sein und Menschen zu nehmen wissen. Ferdinho wußte, daß er nur dann erfolgreich lügen konnte, wenn er vorher den Eindruck knapper Ernsthaftigkeit und präziser Offenheit erweckt hatte.

»Was passiert ist, wißt ihr. Die gesamte Schiffstechnik ist lahmgelegt. Das heißt im Klartext: Es besteht für uns alle keinerlei unmittelbare Gefahr. Wir haben sehr viel Zeit, uns etwas zu überlegen, was wir unternehmen können. Die Situation ist sehr unangenehm, das gebe ich zu ...« – ein breites, selbstironisches Grinsen – »... für leicht Übergewichtige wie mich vielleicht nicht ganz so unangenehm ...« – abermals leises Gelächter – »... aber es ist nicht gefährlich.«

»Woher willst du das wissen, wenn nichts funktioniert?«

»Ich habe meine Leute angewiesen, aus den Fenstern zu schauen«, antwortete Ferdinho gelassen. »Wir sind in der Nähe einer blauweißen Sonne herausgekommen, und es gibt weit und breit nichts, womit wir kollidieren können. Und Maschinen, die nicht funktionieren, können nicht hochgehen oder anderen Schaden anrichten. Ich gebe euch mein Wort als Kommandant dieses Schiffes, wir sind nicht in unmittelbarer Gefahr.«

»Aber langfristig?«

»Das werden wir feststellen müssen«, antwortete Ferdinho.

Die Gestalt, die sich langsam nach vorn arbeitete, kam Lhoreda bekannt vor. Richtig, als der Mann den Mund aufmachte, hatte Lhoreda ihn richtig einsortiert: der Anwalt.

»Dir ist wohl klar, daß die Gesellschaft mit einer ganzen Reihe von Klagen zu rechnen haben wird: Schock, Körperverletzung, entgangene Urlaubsfreuden und dergleichen ...«

Ferdinho blickte ihn kalt an.

»Noch eine blöde Bemerkung dieser Art, und es kommt schwere Körperverletzung dazu«, sagte er laut. »Vielleicht sogar mit Todesfolge. Damit das klar ist: Als Kommandant trage ich die Verantwortung und habe das Kommando. Und jeden Widerstand kann ich als Meuterei auffassen und entsprechend ahnden, völlig legal übrigens, Robenträger!«

»Ich denke, wir haben andere Sorgen als diese«, warf Lhoreda ein. Während sie sprach, versuchte sie in die Gesichter zu blicken. Vielleicht konnte sie Daryl Parthenay erkennen. Aber bei dieser Beleuchtung – und außerdem war Daryl Parthenay, wenn er nicht wollte, überhaupt nicht zu entdecken.

»Völlig richtig. Wie geht es weiter, Kommandant?«

Gharun Ferdinho zögerte.

»Ich habe die Lage gerade mit meinen Offizieren besprochen«, fuhr er fort. »Wir wissen noch nicht, was passiert ist. Wenn man die Sache nüchtern betrachtet, gibt es drei Fragen, die vor allem wichtig sind. Die erste Frage, mit allen Konsequenzen: Was ist überhaupt passiert? Warum liegt das Schiff lahm? Auf diese Frage gibt es zwei unterschiedliche, beides hypothetische Antworten. Antwort eins: Der Fehler liegt hier, bei uns im Schiff. Dann werden wir zusehen, daß wir wieder flott kommen, unsere Mittel dafür sind schlecht.«

»Außerdem wird man uns wohl zu Hilfe kommen, oder?«

»Mit Gewißheit«, antwortete Ferdinho. »Wenn wir uns am Zielplaneten um mehr als zehn Stunden verspäten, wird die Reederei unruhig werden. Wenn man zwei Tage lang nichts von uns gehört hat, wird man mit Sicherheit eine Suchexpedition losschicken.«

»Und kann die uns finden? Um einen alten Spruch abgewandelt zu zitieren: *Der Ozean ist sehr groß, und unser Boot ist verdammt klein.*«

»Die Reederei wird entlang des Kurses suchen, den wir fliegen wollten und auch geflogen sind. Mit den Mitteln moderner Technik wird man uns garantiert finden. Und danach kann unser besonderer Freund von der juristischen Abteilung tätig werden.« Er lächelte schwach. »Ich sage es ehrlich: Nichts wünsche ich mir sehnlicher, als jeden einzelnen von euch vor einem ordentlichen Gericht wiederzusehen. Vielleicht abgesehen von jenem besonderen Freund ...«

Wieder kam der Scherz an. Mitglieder der Besatzung tauchten auf. Wie sie das fertiggebracht hatten, blieb ihr Geheimnis, aber sie verteilten Essen und heiße Getränke. Lhoreda ahnte, daß diese Mahlzeit in einer grausigen Sauerei enden würde – wegen der Schwerelosigkeit, die Krümel und Kaffeetropfen im ganzen Raum gleichmäßig verteilen würde.

»Wie lautet die Antwort zwei?« Jemand im Raum war von der hartnäckigen und aufmerksamen Sorte; immerhin klang die Stimme halbwegs gelassen, mehr neugierig als besorgt.

»Antwort zwei: Der Fehler liegt außerhalb von uns. In diesem Fall brauchen wir uns nicht anzustrengen, weil wir selbst nichts dagegen tun können.«

»Was heißt das, der Fehler liegt außerhalb? Sind wir angegriffen worden oder so etwas? Und wenn, von wem oder von was? Und vor allem: warum?«

»Viele Fragen auf einmal«, bemerkte Gharun Ferdinho. Lhoreda konnte den Schädel des Kommandanten glitzern sehen; auf seiner Stirn standen Schweißtropfen. Von dieser Versammlung hing viel ab. Ferdinho mußte die Lage unter Kontrolle halten, um fast jeden Preis. Gelang dies nicht, würde die Havarie der EMPRESS OF THE OUTER SPACE in eine noch größere Katastrophe münden.

Ein Besatzungsmitglied näherte sich Ferdinho und flüsterte ihm etwas ins Ohr. Lhoreda sah, wie der Kommandant die Augen schloß und sich seine Kiefermuskeln spannten. Dann nickte er bedächtig.

»Ich erfahre gerade, was alles an Bord nicht mehr funktioniert«, setzte Gharun Ferdinho seine Ansprache fort. Lhoreda, die ein besonderes Gespür dafür hatte, konnte hören, wie sehr sich Ferdinho anstrengen mußte, seine Stimme unter Kontrolle zu halten. »Der Antrieb, die künstliche Schwerkraft, der gesamte Hyperfunk und etliches mehr, vor allem die Syntronik. Diese Technik ist teilweise miteinander verbunden und vernetzt, teilweise auch unabhängig. All diesen Aggregaten ist eines gemeinsam: Sie beruhen auf Fünf-D-Technik.«

Gharun Ferdinho holte tief Luft.

»Ich weiß, daß es verrückt klingt«, sagte er dann langsam. Die Menschen spürten, daß jetzt etwas Wesentliches kam. Jedes seiner Worte fiel in eine beklemmende, atemlose Stille. »Aber es sieht so aus, als sei der Hyperraum außer Funktion.«

Schweigen.

Dann ein schrilles, nervöses Lachen, das rasch abbrach.

»Also wirklich, Kommandant«, sagte eine zittrige Männerstimme, ein wenig zu schrill. »Zufällig verstehe ich etwas von diesen Dingen, nicht viel, aber genug, glaube ich. Sie wollen uns doch nicht mit dem Märchen kommen, der Hyperraum sei kaputt!«

Das letzte Wort war gewiß so nicht geplant gewesen, dem Mann war in seiner Aufregung einfach kein besseres Wort eingefallen. Nach einer kurzen Pause war Kichern zu hören.

Selbst Ferdinhos maskenhaft starres Gesicht verzog sich zu einem Grinsen, das rasch verflog. »Doch«, sagte er dann. »Es ist nicht meine Wortwahl, aber genau so sieht es aus.«

»Allah!« Scharfes, keuchendes Atemholen. »Aber dann ..., Allahs Segen sei mit uns ...« Der Sprecher hatte Mühe, sich zu beherrschen. »Dann kann uns ja niemand helfen, niemand. Dann gibt es keinen Hyperfunk mehr, Raumschiffe können nicht mehr fliegen ... Dann wären wir ...«

»... im Nichts gestrandet«, vollendete Gharun Ferdinho den Satz, und danach wurde es sehr still.

Schlucken, unterdrückte Schluchzer, heftiges Keuchen, einige wenige Verwünschungen und Flüche. Und viele schnelle Stoßgebete an ein Dutzend und mehr Götter.

»Wie kann so etwas passieren?«

»Ich weiß es nicht«, antwortete der Kommandant. »Es ist auch nur eine Hypothese, mehr nicht.«

»Eine Hypothese, die für uns alle den Tod bedeutet, nicht wahr?«

»In letzter Konsequenz – ja!«

Gharun Ferdinho hatte sich, wie Lhoreda erkannte, für brutale Offenheit entschieden. Seltsamerweise brach nun keine Panik aus. Die Menschen waren wie erstarrt.

»Das also war die erste Frage: Was ist passiert«, sagte Lhoreda laut. »Wie lautet die zweite Frage?«

»Sie liegt auf der Hand«, antwortete Gharun Ferdinho; die Stille war noch immer bedrückend. Im Hintergrund fluchte eine Frau, weil sie sich ziemlich heißen Kaffee an den Kopf geschüttet hatte. »Wie lange wird diese Havarie möglicherweise andauern?«

»Und die Antwort?«

»Es gibt mehrere: ein paar Tage, ein paar Wochen, vielleicht sogar Monate, je nachdem. Selbst wenn unsere Hypothese ...« – raffiniert, dachte Lhoreda, wie er die schreckliche Vermutung gleichsam in Allgemeinbesitz überführt hatte – »... richtig sein sollte, nehme ich doch an, daß dieser Zustand nicht ewig dauern wird. Da wir nicht wissen, wie bald wir gerettet werden, sollten wir uns vorsorglich darauf einrichten, längere Zeit auf Hilfe warten zu müssen.«

»Dann kann die letzte große Frage nur lauten: Wie lange können wir durchhalten? Wir haben mehr als dreitausend Menschen an Bord, die ernährt werden müssen. Haben wir genügend Vorräte? Genügend Atemluft, Wasser – und vor allem Energie. Ohne Energie geht gar nichts.«

Gharun Ferdinho war sichtlich froh, daß sich das Gespräch von den schrecklichen Vermutungen ab und dem Gebiet praktischer Hilfe zuwandte. Er antwortete rasch und präzise.

»Das technische Personal ist schon jetzt damit beschäftigt, eine notdürftige Energieversorgung auf die Beine zu stellen. Die Aggregate haben wir, aber sie wurden bisher syntronisch gesteuert. Unsere erste Aufgabe wird darin bestehen, diese Steuerung abzukoppeln und die Reaktoren gleichsam von Hand zu bedienen.«

»Geht das überhaupt?«

»Diese Aufgabe ist lösbar«, antwortete der Kommandant sofort. »Sobald wir wieder Energie haben, können wir alle benötigten Systeme einschalten. Wir werden

Licht haben und Wärme, wir werden die Nahrungsmittel erhitzen und das Wasser aufbereiten können. Künstliche Schwerkraft, das kann ich jetzt schon sagen, wird es auch dann nicht geben. Aber alles andere wird uns ausreichend zur Verfügung stehen.«

»Wie lange reichen die Vorräte?«

»Wenn wir so prassen wie bisher – für zwei Monate, mindestens. Wenn wir planvoll vorgehen – mindestens ein halbes Jahr.« Er strich sich seufzend über den strammen Bauch. »Meine Frau wird sich freuen, wenn sie mich zurückbekommt.«

»Ein halbes Jahr?« Die Stimme verriet Unglauben. »Du meinst, wir müssen vielleicht ein halbes Jahr hier bleiben? In diesem Schiff eingesperrt? Sechs Monate lang?«

»Vielleicht länger, vielleicht auch nicht«, antwortete Ferdinho ruhig.

»Das halte ich nicht aus, niemals.«

Ferdinho legte den Kopf schräg, sein Lächeln war kalt.

»Du wirst es aushalten, Freund, bis zum Ende – so oder so! Meine Leute und ich werden in den nächsten Stunden Einsatzpläne ausarbeiten. Unser Vorhaben kann nur gelingen, wenn wir uns alle organisieren und zusammenarbeiten.«

»Augenblick, Kommandant«, meldete sich eine helle Frauenstimme. »Heißt das, wir sollen *arbeiten?*«

»Darauf läuft es hinaus, ja.«

»Und wozu ist das Personal da?« fragte die Frau aufgeregt. »Ich habe meine ganzen Ersparnisse in diese Reise gesteckt, und du sagst selbst, wir können auch schon in ein paar Tagen gerettet werden. Wozu dann diese Aufregung? Ich meine, vorerst ist das alles doch wohl nicht nötig, und später können wir ja immer noch ...«

Gharun Ferdinho setzte sich in Bewegung. Seine Stimme klang schneidend.

»Macht das unter euch aus«, sagte er. »Ich habe jetzt zu tun. In diesem Raum wird eine Nachrichtenzentrale eingerichtet werden. Wer wissen will, wie es um das Schiff steht, kann es jederzeit hier erfahren.«

Lhoreda Machecoul folgte ihm. »Du bist sehr grob gewesen«, sagte sie leise.

Ferdinho wandte den Kopf und blickte sie an.

»Du hast keine Ahnung, wie grob ich noch werden kann, wenn es nötig ist«, entgegnete er.

»Immerhin, sie haben es ziemlich gefaßt aufgenommen«, lenkte Lhoreda ein.

Gharun Ferdinho stieß ein kurzes, bitteres Lachen aus.

»Sie haben auch keine Ahnung, wie groß unsere Schwierigkeiten tatsächlich sind. Bist du gläubig?«

»Im religiösen Sinn? Eigentlich nicht. Ich habe seit Ewigkeiten keine Synagoge mehr von innen gesehen. Warum?«

»Dann fang damit an«, riet Gharun Ferdinho. »Zu welchem Gott auch immer – fang an zu beten, so inbrünstig, wie du nur kannst. Du wirst es nötig haben.«

4.

»Das entscheidende Problem ist die Energie, davon hängt alles ab«, seufzte die Leitende Ingenieurin.

»Ich denke, dieses Problem wäre gelöst«, wandte Lhoreda Machecoul ein und schüttelte verwundert den Kopf. »Der Reaktor läuft, wir haben wieder Strom. Es gibt Licht, die Heizung arbeitet, das Wasserregenerationsverfahren ist aktiv, wir können kochen ...«

»Das Problem ist das Heizen«, antwortete die Ingenieurin. »Unsere Energieerzeugung ist beschränkt, leider.«

»Wie beschränkt?« fragte der Kommandant sofort. Er sah müde aus, die Augen lagen tief in den Höhlen, von den Nasenflügeln zogen sich scharfe Falten zu den Mundwinkeln. Lhoreda tippte auf Probleme mit einem Magengeschwür, kein Wunder bei dieser seelischen Belastung.

»Einige Megawatt, mehr nicht«, antwortete die Ingenieurin; sie hob die rechte Hand und unterband damit weitere Fragen. »Ich weiß, das klingt nach sehr viel, aber das ist es leider nicht. Seht, wir haben dieses riesige Schiff. Es besteht aus Metall, und Metall ist bekanntlich ein guter Wärmeleiter. Um uns herum ist Weltraum, mit einer Temperatur von ein bis zwei Kelvin. Macht gegenüber der uns vertrauten angenehmen Wohntemperatur ein Gefälle von fast dreihundert Kelvin. Und diese Differenz muß ausgeglichen werden, bei Tag und bei Nacht, in jeder Sekunde, sonst wird aus der EMPRESS OF THE OUTER SPACE eine gigantische Tiefkühltruhe. Unsere Leichen werden sich darin erstklassig erhalten, bis wir in drei Millionen Jahren entweder in die Sonne plumpsen oder uns eine Spezies intelligenter Küchenschaben auffischt.«

»Eine zugegebenermaßen scheußliche Vorstellung«, entfuhr es Gharun Ferdinho mit einem schwachen Lächeln. »Ich verstehe dich richtig, daß wir den größten Teil der verfügbaren Energie dafür werden aufwenden müssen, die EOS erträglich warm zu halten.«

»Getroffen, Kommandant. Natürlich könnten wir die Temperatur herunterschalten, kein Problem, aber dann fangen die Menschen an zu frieren. Auch das wäre nicht weiter schlimm, wenn ihre Körper – ob wir wollen oder nicht – dagegen ankämpfen würden. Den körpereigenen Thermostat kann man nicht überlisten, er hält die Temperatur stets bei knapp über dreihundert Kelvin. Wenn es draußen kalt wird, heizt der Organismus dagegen an – und zwar indem er Brennmaterial verheizt, kostbare Nahrungsmittelkalorien. Und Nahrung ist unser einziger echter Engpaß.«

Lhoreda lächelte. »Was für ein Glück, daß wir ein Kreuzfahrtschiff sind«, sagte sie nachdenklich.

»Inwiefern?«

»Das Essen an Bord solcher Schiffe gehört ebenfalls zum Luxus, und das heißt, daß es entschieden fetthaltiger ist als normalerweise. Also ein erhöhter Kaloriengehalt pro Gramm Nahrung. Und pro Kubikzentimeter an Vorräten. Mit einer Tonne *Sauce Bearnaise* kann man viel mehr Menschen ernähren als mit einem Kubikmeter Mohrrüben.«

»Die übrigens, wie auch die andere Nahrung, die ganze Zeit über gekühlt werden muß, um sie genießbar zu halten. Auch das kostet Energie.«

»Soviel zum Thema Ernährung«, beendete Gharun Ferdinho die Unterhaltung zu diesem Gegenstand. »Verhungern werden wir jedenfalls nicht, vorerst.«

»Bevor die ersten Mangelerscheinungen auftreten, werden die Leute schon restlos durchgedreht sein«, orakelte Devlin Brox. »Die fehlende Schwerkraft macht sie völlig verrückt; mich, offen gesagt, auch. Wegen der allgemeinen Lage träume ich ziemlich schlecht und lebhaft, und morgens wache ich in den unmöglichsten

Winkeln meiner Kabine auf, und blaue Flecken hagelt es ebenfalls.«

»Dagegen müßte man doch etwas tun können«, murmelte Lhoreda. »Irgend etwas!«

»Das ist genau die treffende Formulierung, meine Liebe«, versetzte Gharun Ferdinho müde. »Künstliche Gravitation ist eine 5-D-Angelegenheit. Es gibt keine Möglichkeit, sie zu erzeugen. Nicht solange – um diesen bemerkenswerten Ausspruch zu zitieren – der Hyperraum kaputt ist.«

»Aber wie ist man denn früher geflogen, als es noch keine künstliche Schwerkraft gegeben hat?« wollte Lhoreda wissen. Irgendwo in ihrem Kopf saßen die Informationen zum Thema terranische Geschichte; daß sie sich nicht wie gewünscht einstellen, lieferte den besten Beweis dafür, daß man auch durch Hypnoschulung erlerntes Wissen wieder vergessen konnte.

»Es gab keine Raumfahrt ohne künstliche Schwerkraft«, belehrte die Ingenieurin sie sanft.

»Irrtum, Perry Rhodan ist seinerzeit ...«

»Großer Gott!« stöhnte der Kommandant auf. »Lhoreda, bitte ...!«

»Was ist? Ich begreife nicht ...?«

»Das Rhodan-Klischee«, seufzte Ferdinho. »Wie aus den Trivideo-Streifen. Immer wenn es Schwierigkeiten gibt, muß Perry Rhodan zur Rettung herhalten, von Atombränden auf Planeten bis zu privaten Beziehungskrisen ...«

»Mag ja sein, aber Rhodan ist damals ohne künstlicher Schwerkraft zum Mond geflogen, das weiß ich genau.«

»Dann hat er vermutlich die gleichen Probleme mit der Verdauung gehabt wie wir«, konterte Ferdinho. »Oben wie unten, drastisch ausgedrückt.«

»Zentrumskraft, nein *Zentrifugalkraft*«, stieß Lhoreda hervor.

»Ein anderer Name für Gravitation, mehr nicht. Die Massenanziehung der Erde. Dies ist ein Raumschiff, kein Planet mit riesiger Masse, der alles an sich zieht.«

»Und wenn der Planet diese Massenanziehung nicht hätte?« Lhoreda ließ nicht locker.

»Würden alle hinausfliegen in den Welt ... Natürlich, das ist die Lösung. Rotation. Wenn wir das Schiff zum Rotieren um eine seiner Achsen bringen könnten, dann hätten wir wenigstens ein bißchen Schwerkraft an Bord der EOS. Läßt sich das machen?«

Die Ingenieurin senkte den Kopf. »Dazu bräuchten wir den Antrieb, und der ... siehe oben. Keine Chance.«

Gharun Ferdinho machte sich mit einem Fluch Luft.

Lhoreda wandte sich an Devlin Brox. »Wie sieht es mit dem Wasser aus?«

»Mehr als genug, für alle Zwecke. Die Aufbereitung wird spätestens morgen funktionieren, dann reicht das Wasser für eine mittlere Ewigkeit.«

»Für die Atemluft gilt das gleiche, nehme ich an.« Devlin nickte. »Dann könnten wir einen Teil davon verbrauchen, nach dem Rückstoßprinzip. Dieser Schub könnte uns die gewünschte Rotation liefern.«

Lhoreda leckte sich die Lippen. »Wir könnten sogar zwei Fliegen mit einer Klappe schlagen«, murmelte sie versonnen.

»Inwiefern?«

»Wenn wir für dieses Manöver die Luft aus den Kammern, in der Nähe der Nahrungsmittelvorräte verwenden und in diese Räume das Vakuum eindringen lassen – ich weiß, daß das eine physikalische falsche Ausdrucksweise ist –, dann könnten wir erstens Schub gewinnen und zweitens würde uns der Weltraum die Aufgabe abnehmen, die Lebensmittel zu kühlen.«

Die Ingenieurin nickte langsam. »Kompliziert, aber vielleicht machbar. Könnte klappen.«

Ferdinho warf Lhoreda einen anerkennenden Blick zu und sah dann die Ingenieurin an. »Macht euch an die Arbeit! Wird es lange dauern?«

»Es ist viel Rechnerei dabei, und im Augenblick rechnen wir gleichsam zu Fuß, ohne die Syntronik. Ein Tag vielleicht für die Planung.«

»Dann los, macht euch ans Werk. Ein bißchen Schwerkraft ist genau das, was wir jetzt brauchen. Es wird die Leute ungemein beruhigen, wieder festen Boden unter den Füßen zu spüren. Noch etwas?«

Lhoreda nickte. »Daryl Parthenay«, sagte sie leise.

Gharun Ferdinho seufzte abermals.

Der sogenannte Mimikry-Mutant, begabt mit der einzigartigen Fähigkeit, seinen Organismus nach Belieben zu verwandeln und jedes beliebige Lebewesen von annähernd gleicher Masse perfekt zu imitieren. Leider nutzte er diese Gabe vornehmlich zu verbrecherischen Zwecken; auch an Bord der EMPRESS OF THE OUTER SPACE hatte er als Mörder zugeschlagen und mit Lhoreda und der Besatzung ein teuflisches Verwirr- und Versteckspiel getrieben. Nachdem Lhoreda ihn enttarnt hatte, hatte er sich erstaunlicherweise recht mühelos gefangennehmen lassen.

»Bei der allgemeinen Befreiungsaktion ist dummerweise auch er aus seiner Kabine geholt worden«, erinnerte Lhoreda den Kommandanten. »Er treibt sich also jetzt wieder frei an Bord herum und kann jederzeit wieder zuschlagen.«

»Und du glaubst, das wird er tun? In dieser Situation?«

»Gerade in dieser Situation«, versicherte Lhoreda. »Sie ist wie geschaffen für ihn.«

»Und wozu? Was hat er davon?«

»Ich weiß es nicht«, gab Lhoreda zu. »Ich weiß nicht, was er denkt und empfindet, aber ich spüre, daß er die Lage genießen wird. Keine syntronischen Kontrollen mehr, Tausende von Menschen, die alle mehr oder weniger Angst haben um ihr Leben, keine Möglichkeit, ihn mit modernen Mitteln zu überwachen oder zu stellen – er wird sich freuen, ganz bestimmt. Und er wird aktiv werden.«

»Können wir ihn daran hindern?«

Lhoreda schüttelte den Kopf. »Unter diesen Umständen – nein, dazu haben wir nicht die Mittel.«

»Dann sind uns also die Hände gebunden«, stellte Gharun Ferdinho fest. »Stellen wir dieses Problem zurück, wir haben Wichtigeres zu tun. Noch gibt es keine Opfer zu beklagen, glücklicherweise.«

Lhoreda wußte es besser. Sie dachte an den Unglücklichen, der an ihrer Kabine vorbeigeglitten war. Vielleicht lebte er noch – falls man diesen Zustand als Leben bezeichnen mochte. Sie wandte sich zum Gehen.

»Vielleicht fällt mir ja etwas ein«, murmelte sie zum Abschied, aber niemand reagierte darauf.

Ein wenig hatte sie sich inzwischen an die Schwerelosigkeit gewöhnt, und die Tatsache, daß wenigstens eine Notbeleuchtung funktionierte, machte den Umgang mit dem Phänomen etwas leichter.

Auf dem Weg zu ihrer Kabine bemerkte sie zahlreiche Menschen bei der Arbeit. Da die syntronisch gesteuerten Service-Roboter nicht mehr funktionierten, mußten ihre Arbeiten von Menschen übernommen werden. Das schloß das Bettenmachen ebenso ein wie die Reinigung der Sanitäranlagen, und deswegen hatte es schon massive Proteste gegeben.

Die Besatzung tat nach wie vor ihr Pflicht, wenn auch mit weit weniger Hingabe und Bereitwilligkeit als unter normalen Umständen. Auch diese Menschen, rund dreizehnhundert an der Zahl, hatten Angst, die gleiche wie die Passagiere, und sie hatten unter diesen Umständen wenig Lust, sich noch als Dienstpersonal behandeln zu lassen.

Beistand fanden sie bei jenen Passagieren, die den Ernst der Lage erkannt und daraus den Schluß gezogen hatten, daß sie etwas tun mußten. Aber es gab genügend andere, die sich mit allen Mitteln dagegen sträubten; vielleicht hingen sie der Illusion an, wenn sie ihr bisheriges Leben einfach beibehalten, würde sich auch sonst nichts ändern. Lhoreda wußte, daß dies eine Täuschung war: Was auch immer sich in den nächsten Tagen, Wochen und Monaten abspielen würde, die Beteiligten würden, wenn sie es letztlich überlebten, als andere Menschen daraus hervorgehen als sie hineingegangen waren.

Gearbeitet wurde an vielen Stellen im Schiff. Leitungen mußten neu verlegt werden, Apparaturen wurden von ihrer syntronischen Steuerung getrennt und mußten neu eingestellt, anschließend fortlaufend gewartet werden. Natürlich funktionierten auch die Maschinen nicht mehr, die aus den vorhandenen Nahrungsmitteln nach den Speisewünschen der Passagiere die köstlichen Menüs zauberten, die einer solchen Kreuzfahrt einen zusätzlichen Reiz verliehen. Es gab Einheitskost, und die Zubereitung ließ mehr als zu wünschen übrig – es gab im 13ten Jahrhundert NGZ nicht mehr viele Menschen, die in der Lage waren, sich ihre Nahrung aus Rohmaterialien selbst zuzubereiten. Gerade als Lhoreda an einer der Küchen vorbeischwebte, mußte eine attraktive Blondine verarztet werden, die es fertiggebracht hatte, sich mit einem Sparschäler statt der Kartoffeln selbst einen Teil der Haut abzuziehen.

Als Lhoreda ihre Kabine erreichte, fand sie darin einen Besucher. Thayer Brenstin hatte sich eingefunden; er blickte sie scheu an.

»Wie geht es dir?« fragte er leise.

Lhoreda zeigte ein schmales Lächeln.

»Ich schwebe«, antwortete sie. »Oder anders ausgedrückt: Ich habe irgendwie den Boden unter den Füßen verloren.«

»Glaubst du, was der Kommandant sagt? Daß wir eine Chance haben?«

»Laß es mich so ausdrücken«, antwortete Lhoreda grimmig. »Selbst wenn ich mit einer schwarzen Kapuze über dem Kopf und einem Strick um den Hals dastünde und spürte, wie der Boden unter mir wegklappt, würde ich noch hoffen, daß der Strick reißt.«

»Du gibst niemals auf, nicht wahr?«

Lhoreda zuckte die Schultern.

»Ich versuche es wenigstens«, log sie; von der Hoffnungslosigkeit, die sie wie Fieberschübe befiel, wollte sie ihm nichts erzählen. Männer waren ohnehin seelisch nicht sonderlich belastbar; wenn es hart auf hart kam, wurden Frauen gebraucht. Eine Einsicht, die von der Erfahrung einiger Jahrtausende menschlicher Geschichte geprägt war.

»Ich habe Angst«, sagte Thayer kläglich. »Ganz furchtbare Angst.«

Einen bibbernden Mann in den Arm zu nehmen, der wie ein Heliumsack durch den Raum trieb, war ein schwieriges Unterfangen, vor allem, wenn man selbst ebenfalls schwerelos war, aber Lhoreda schaffte es irgendwie. Ein bißchen hatte sie gehofft, bei Thayer selbst Ruhe und Entspannung, vielleicht ein wenig Trost zu finden. Nun aber war es an ihr, Zuversicht zu verbreiten und Trost zu spenden – seltsamerweise funktionierte das Verfahren in beiden Richtungen.

»Kann ich heute abend ... ich meine, jetzt gelten ja die Regeln nicht mehr so genau ...«

Lhoreda lächelte.

»Ich werde hier sein«, versprach sie und lächelte still bei der Vorstellung, wie wohl ein Mann und eine Frau ... In völliger Schwerelosigkeit ... Ging das überhaupt, und wenn – wie? Ob Perry Rhodan ...? Er hatte nie seine Memoiren geschrieben – wenn, dann würden sie wahrscheinlich zur Zeit gut 1800 Bände umfassen, und wer mutete sich schon zu, eine derartige Menge zu lesen – und wahrscheinlich würde er, diskret wie er war, auf dieses Thema niemals genauer eingehen. Von Atlan hieß es allgemein, daß er Tagebuch geführt habe, ein ziemlich pikantes Tagebuch angeblich, aber das wolle er erst posthum veröffentlicht sehen – wenn er ein bißchen Glück hatte, fand die Veröffentlichung dann im Jahre 13 593 NGZ statt, umfaßte einhundert laufende Regalmeter und kostete so viel wie eine moderne Raumjacht. Aber was dieses gewisse Thema anging, hatte selbst der Zehntausendjährige wahrscheinlich nicht mehr zu bieten als die sattsam bekannten Klassiker.

Von solchen Gedanken abgelenkt, machte sie Lhoreda an die Arbeit, ihr Bett zu richten. Sie hatte sich breite Gurte besorgt – ein Stück Arbeit besonderer Art, denn wozu sollten Gurte in einem Luxusraumschiff dienen? – mit denen sie sich nachts an ihrem Bett festschnallen konnte. Auf diese Weise wurde die unerfreuliche Traumdrift durch die Kabine verhindert. Nerven wie

Gharun Ferdinho hatte Lhoreda nicht; der Kommandant machte einfach, so hieß es, die Augen zu und schlafe ein, in der Haltung und Lage, in der er sich gerade befand. Beneidenswert.

Drei Stunden später, die Bordbeleuchtung war zu einem Dämmerlicht heruntergedimmt worden, erschien Thayer Brenstin wieder.

Gurte waren *die* Idee …

5.

»Wir müssen von außen an die entsprechenden Räume heran«, verkündete Gharun Ferdinho. Wollte er Energie sparen? Oder enthielt das entsprechende Mittel nutzbare Kalorien? Die Nachtcreme, die Lhoreda gelegentlich benutzte, war eßbar, schmeckte aber scheußlich, Lhoreda hatte es ausprobiert. Jedenfalls hatte Ferdinho offenbar seit der Havarie darauf verzichtet, die Enthaarungscreme zu benutzen, und zeigte sich in einer grauschimmernden Stoppelpracht, die ihm ein Aussehen eintrug, mit dem er in einer wüsten Raumpiratengeschichte als Hauptdarsteller hätte auftreten können.

»Von außen?« Lhoreda wiederholte die Aussage, weil sie ihm nicht glauben mochte.

»Wir müssen sprengen, anders geht es nicht. Hanatoa hat vor ihrem Ausfall das Schiff katastrophendicht gemacht, die Außenverschlüsse können von Hand nicht mehr geöffnet werden. Ich suche Freiwillige, die mich begleiten.«

»Wenn das kein Angebot ist … Die SERUNS funktionieren so wenig wie alles andere«, bemerkte Devlin Brox.

»Irrtum«, sagte Lhoreda leise, und ihr Magen wurde klumpig kalt, als sie sich erinnerte. »Was nicht funktioniert, ist nur der Luxus der SERUNS, die technischen Leckereien. Aber der Anzug ist dicht, der Sauerstoff in den Flaschen reicht für geraume Zeit. Wir müssen nur darauf achten, daß wir uns anleinen, damit wir nicht verloren ...«

Sie brachte den Satz nicht zu Ende.

»Eine Freiwillige hätten wir damit«, folgerte Ferdinho kühn aus Lhoredas Bemerkung. »Ich brauche einen weiteren Freiwilligen. Devlin, du bist doch Spezialist für so etwas ...«

»Aye, aye, Sir, melde mich gehorsamst als Freiwilliger.«

Ferdinho zeigte sein prachtvoll weißes Gebiß.

»Nett, daß du in dieser Lage noch zu Scherzen aufgelegt bist.«

Devlin Brox hatte ein Gesicht, das leicht käsig wirkte, aber das konnte an der Beleuchtung liegen. Seine Miene war ernst, als er antwortete:

»Kein Scherz, Kommandant. Ich will nicht, wenn es schiefgeht, daß später irgend ein schleimiger Advokat von der Versicherung meinen Tod als Selbstmord abtut und die Zahlung an meine Witwe verweigert.«

»Ich werde dafür sorgen, daß es als Unfall gilt, dann können sich deine Kinder über die doppelte Summe freuen.«

»Ein Kind, Kommandant«, antwortet Devlin Brox; in dieser Gemütsverfassung erinnerte nur wenig an den vor Witz sprühenden Animateur der EMPRESS OF THE OUTER SPACE. »Und das habe ich noch nicht gesehen.«

Ein paar Sekunden lang war es still in der Kommandokabine.

»Wenn du nicht willst … Ich habe dafür volles Verständnis …«

Devlin schüttelte den Kopf.

»Ich komme mit«, sagte er leise. »Immerhin habe ich mit solchen Anzügen mehr Erfahrung als die meisten anderen an Bord.«

Seltsam, fuhr es Lhoreda durch den Kopf, wie selbstverständlich manche Menschen in solchen Notlagen zu handeln wußten und gewaltige Risiken eingingen – allem Anschein nach einfach nur aus dem Grund, weil jemand diese Risiken eingehen *mußte.* Hatte das mit Stolz zu tun? Mit Selbstachtung?

»Frienna hat die Berechnungen abgeschlossen; wir wissen, wo wir sprengen müssen. Druckluft und Wasser sind bereit – wenn es klappt, stehen wir bald wieder auf eigenen Füßen.«

»Wenn nicht, stehen wir ohne Kommandant da …«

»Deswegen muß es einfach klappen, und jetzt Schluß mit diesen Reden. Soviel Zeit haben wir nicht.«

Die drei machten sich auf den Weg zu einer der kleineren Schleusen, die normalerweise nur während der Werftarbeiten benutzt wurden, wenn man von außen an bestimmte Teile des Schiffes schneller und leichter herankommen wollte als auf dem Weg durch die inneren Räume.

Lhoredas Hände waren feucht, als sie sich den SERUN überstreifte. Ein Wunderwerk modernster Technik, aber jetzt nur noch als primitiv zu bezeichnen. Immerhin hatte das Material seine außerordentliche mechanische Festigkeit behalten. Wahrscheinlich war nur eine Hochleistungsjagdharpune in der Lage, diese Hülle zu durchschlagen.

Ein paar Augenblicke lang wanderten Lhoredas Gedanken zurück zu dem Stopp auf dem Planeten Green

Wonder mit seiner zauberhaften Unterwasserfauna und -flora. Nur knapp war Lhoreda dort einem Mordanschlag von Daryl Parthenay entgangen. Die Erinnerung ließ ihren Rücken brettsteif werden und jagte ihren Puls in die Höhe. Glücklicherweise bemerkte das niemand. Ob Atlan, Perry Rhodan und die anderen, von deren Taten überall in der Galaxis berichtet wurden, auch solches Nervenflattern bekamen, wenn sie hinaus mußten in den leeren Raum? Vielleicht, überlegte sich Lhoreda, waren sie nur bessere Schauspieler als gewöhnliche Menschen.

»Alles geprüft? Sauerstoff, Druckfestigkeit? Dann los. Schleuse öffnen!«

An Bord der EMPRESS OF THE OUTER SPACE wurde alles und jedes von einer winzigen oder großen Syntronik kontrolliert, das galt für die Abdeckung der sanitären Einrichtung, die sich sonst bei Annäherung sanft, elegant und einladend öffnete, das galt für die Massageeinrichtungen der Betten, die nun mitten in der Arbeit versagt und in fast allen Kabinen regelrechte Buckelpisten hinterlassen hatten, und das galt auch für die Pumpen, die normalerweise die Atemluft in den Schleusen einsogen und verdichteten. Diese Syntroniken auszubauen hatte man keine Zeit gehabt, also mußte die kostbare Atemluft jetzt ins All entweichen.

Ein Zischen war zu hören – nur kurz, weil mit der ausströmenden Luft auch das schalleitende Medium verschwand. Lhoreda konnte weiße Schwaden sehen – Luft, die in der Weltraumkälte zu Eis gefror und dann ins Vakuum verdampfte.

Dann öffnete sich langsam die Tür.

Immerhin fehlte der magenschockende Übergang von der normalen Schwerkraft zur Schwerelosigkeit; in dieser Beziehung änderte sich nichts – es blieb das Gefühl des Schwebens oder Fallens, je nach Gemütslage. Ein kurzer Stoß genügte, und Lhoreda schwebte hinaus.

Unwillkürlich sah sie sich um ... Nein, von jenem Menschen war nichts zu sehen. Der Gedanke an den Unglücklichen ging Lhoreda immer wieder durch den Kopf, und beinahe jedes Mal schauderte sie, wenn sie daran dachte. Vielleicht hatte er den Mut gefunden, seinen Anzug zu öffnen. Es war ein kaltes Kalkül, welches Ende schlimmer war: tagelang auf das letzte Röcheln zu warten und dann zu ersticken, oder einen raschen Tod in der Leere zu suchen?

Wenigstens funktionierten die kleinen Funkgeräte auf der Basis lichtschneller Impulse, die man improvisiert in die SERUNS eingebaut hatte. So war eine Verständigung möglich.

»Nach links ...« ordnete Ferdinho an; seine Stimme klang knarrig, sein Atem ging ziemlich schnell. Lhoreda lächelte schwach. Mit Supermännern hatte sie es glücklicherweise nicht zu tun. Vielleicht, durchfuhr es sie, war Angst sogar die unabdingbare Voraussetzung für Mut?

Das Trio bewegte sich langsam vorwärts. Als die Gruppe weiterflog, kam, fast ohne Übergang, die Sonne in Sicht, in deren Einflußbereich die EMPRESS OF THE OUTER SPACE gestrandet war. Sie wirkte seltsam klein und nicht sehr strahlend, aber ihr Anblick spendete ein wenig Trost. Wenigstens das funktionierte noch.

Lhoreda schloß zu Ferdinho auf. Auf dem Rücken trug er einen dicken Beutel, darin enthalten waren die Sprengladungen; auch Lhoreda und Devlin Brox trugen solche Behälter. Die Sprengung mußte in einer einzigen Aktion glücken – die Atemluft war zu kostbar, um sie für mehrere Ausstiege zu verschwenden. Auch solche Dinge wollten vorher bedacht sein.

Ferdinho betätigte die Handdüsen, mit denen er seinen Flug kontrollierte. Der erste Sprengpunkt war erreicht. Lhoreda drehte sich herum und hielt Ferdinho ihren Rücken hin. Sie spürte, wie er sich an dem Beutel zu schaffen machte und die Sprengladung herausholte.

So wie sie im Raum schwebte, konnte sie einen Teil der EMPRESS OF THE OUTER SPACE überblicken. Das Schiff wirkte wie tot, was es auch war. Beim Anflug, damals kurz vor dem Start, hatte die EOS geglitzert und gefunkelt, fast überall in den Außenkabinen mit ihren transparenten Wandungen zum Raum hin hatten die Lichter gebrannt, ein sehr beeindruckender Anblick, der den anfliegenden Passagieren manches »Ah« und »Oh« entlockt hatte.

Jetzt waren diese Lichter erloschen, die EOS wirkte wie ein gestrandeter Wal, kalt und leblos. Die Menschen hatten sich vornehmlich in dem mittleren Kugelsegment eingerichtet, um einander näher sein zu können. Außerdem waren die Wege dort kürzer.

»Ich bin gleich fertig ...«, erklang Ferdinhos Stimme in Lhoredas Helm. Sie atmete jetzt, wie sie hören konnte, etwas ruhiger und gleichmäßiger.

Dann entdeckte sie etwas, was sie verwirrte.

Licht in einem der Kegelsegmente, im Backbordsegment. Dort, wo niemand mehr lebte. Lhoreda runzelte die Stirn. Gab es dafür eine Erklärung? Wahrscheinlich nur eine Art Stoßtrupp, der dort nach brauchbaren Materialien für all die Umbauten und Improvisationen Ausschau hielt, die das neue Bordleben mit sich brachte.

»Weiter ...!«

Die drei setzten ihren Vorstoß fort. Ferdinho bildete die Spitze, Lhoreda folgte ihm, und Devlin Brox paßte auf, daß sich die Sicherheitsleine nirgendwo verfangen konnte. Die Außenhaut der EMPRESS OF THE OUTER

SPACE war gespickt mit allerlei Antennen und Meßinstrumenten, und einige davon waren sehr scharfkantig. Aber selbst wenn das Seil nicht durchtrennt wurde – mit den SERUN-Handschuhen in der Weltraumkälte einen Knoten öffnen zu wollen, war ein verzweifeltes Unterfangen, nach dem es keinen gelüstete.

Wieder hielt Ferdinho an, Lhoreda schwebte zur Seite, um Brox mit seiner Ladung Platz zu machen. Wieder blickte sie hinüber zur Backbordsektion. Das Licht war noch immer dort.

Ruhig bleiben, Lhoreda, nicht durchdrehen. Du wirst noch meschugge, Mädchen, wenn du immerzu an Daryl Parthenay denkst.

Nach wenigen Minuten hatte der Kommandant auch die zweite Ladung befestigt. Gezündet werden sollte sie durch eine Zeitschaltuhr, primitiv, aber unter diesen Umständen die einfachste Lösung. Vorausgesetzt, das Uhrwerk funktionierte richtig.

»Fertig!« verkündete Ferdinho, gefolgt von einem langen Seufzer. »Nun der letzte Streich.«

Für den Halt der Bomben an der Hülle sorgte ein Klebstoff, der im Vakuum die Festigkeit von Stahl bekam: unmöglich, die Bombe zu lösen, wenn das Material nach wenigen Sekunden ausgehärtet war.

Beim nächsten Halt war Devlin Brox an der Reihe, die letzte Bombe aus Ferdinhos Rucksack zu holen und anzukleben. Lhoreda konnte ihn nur aus den Augenwinkeln sehen, er arbeitete sehr schnell; wahrscheinlich saß auch ihm die nackte Angst atemschnürend im Nacken.

»Alles erledigt, wir können zurück ...«

Lhoreda setzte sich sofort in Bewegung; sie konnte es kaum mehr erwarten, in die Geborgenheit der EOS zurückzukehren.

»Lhoreda, Halt!«

Sie bewegte sich instinktiv, und das war ein Fehler. Sofort verlor sie die Orientierung. Sie schrie auf, schlug mit Armen und Beinen um sich, und auf dem Hintergrund der Weltraumschwärze tauchte vor ihrem inneren Auge das Schreckensbild des ersten Tages auf. War sie jetzt an der Reihe …?

Nein, Gott sei dank, nicht – ein Ruck ging durch ihren Körper, als sich das Seil straffte. Irgendwo stieß Devlin Brox einen Fluch aus.

»Was ist passiert?« fragte Ferdinho, während er Lhoreda packte und ihre Lage stabilisierte.

Lhoreda keuchte und schnappte nach Luft, sie glaubte zu ersticken. Wie durch zolldicke Watte gedämpft konnte sie Devlin Brox fluchen hören.

»Das Seil hat sich an der Bombe verfangen.«

»Dann mach es frei!« sagte der Kommandant ruhig. »Wir haben Zeit, die Bomben gehen erst in fünf Minuten hoch.«

Fünf Minuten? Wie lange sind fünf Minuten? Eine Ewigkeit oder nicht mehr als ein Augenzwinkern?

»Geht nicht, Kommandant!« Die Stimme von Devlin Brox klang schauerlich ruhig, so kam es Lhoreda vor. »Das Seil hat an dieser Stelle den Kleber berührt, das kriegen wir nie mehr los.«

Der Schock traf Lhoreda mit unvorstellbarer Wucht. Ihr Atem stockte, der Herzschlag schien auszusetzen.

»Dann schneid sie los, du hast ein Vibrationsmesser im Gürtel, das reicht. Nur ruhig, keine Panik, wir haben genug Zeit.«

Lhoreda schüttelte heftig den Kopf.

»Nicht abschneiden!« stieß sie hervor. »Bitte, nicht …«

Wenn sie von der Leine getrennt wurde, konnte sie abdriften, wegfliegen wie jener … Nein, nur das nicht.

Dann lieber im Bruchteil einer Sekunde sterben, wenn die Bombe hochging.

»Nicht, Devlin, bitte ...«

»Schon passiert, Lhoreda! Wir nehmen dich in die Mitte. Und jetzt zurück, ruhig und gleichmäßig. Im Vakuum hat die Bombe nur eine Reichweite von ein paar Metern.«

Lhoreda war unfähig, etwas zu tun. Sie brachte es nicht fertig zu schreien oder um sich zu schlagen, sie konnte nicht einmal mehr denken. Wie ein irrlichterndes Karussell jagten einige Silben durch ihren Kopf, die ersten Worte des jahrtausendealten Gebetes ihres Volkes: *Schema Israel,* ... Sie wiederholten sich, wieder und wieder, während sie gepackt und davongezerrt wurde.

Erst als die drei einige hundert Meter weit geflogen waren, fand sie wieder zu sich, noch immer unter Schock stehend, mit einem Körper, der aus Eis zu bestehen schien. Aber ihre Wahrnehmung setzte wieder ein, sie konnte sehen und hören.

»Sehr gut so«, klang Ferdinhos Stimme. »Bald haben wir es geschafft.«

Laßt mich nicht los, um Himmels willen, laßt mich nicht los ...!

»Dort vorne, die Schleuse. Zwei Minuten noch, Lhoreda. Es besteht keine Gefahr mehr!«

Lhoreda wandte den Kopf, und vor ihr tauchte ein glitzerndes und gleißendes Feuerwerk auf. Die Bomben hatten gezündet und versprühten ein starkes Licht – lautstarke Detonation im freien Raum gab es nur in schlechten Filmen, also ziemlich oft.

Dann wurde sie umgedreht und sah vor sich die matt erleuchtete Öffnung in der Bordwand. Ein paar Dutzend Meter noch ...

»Hey, Kommandant … Es klappt, verdammt, es klappt!«

Was Devlin Brox diesen Jubelruf entlockte, war ein Anblick, der Lhoreda einmal mehr erstarren ließ.

Die EMPRESS OF THE OUTER SPACE bewegte sich. Das riesige Schiff begann sich zu drehen. Deutlich war zu sehen, wie die Schleuse mit majestätischer Langsamkeit sich unter Lhoreda wegzubewegen begann. Eine halbe Minute nur hatte gefehlt, nur lausige dreißig Sekunden, die über alles entschieden hatten …

Aber dann leierte sich Devlin Brox an dem Rest des Seils an die Schleuse heran, Gharun Ferdinho half eifrig mit, und nach kurzer Zeit sah Lhoreda um sich herum den schönsten Anblick, den sie sich nur vorstellen konnte. Matt schimmernder Stahl, nackt und unverkleidet und – anders als der Rest des Schiffes – reichlich ungepflegt. Aber es war die EMPRESS OF THE OUTER SPACE, und damit waren sie in Sicherheit. Lhoreda stieß einen langen Seufzer aus, und sie schämte sich ihrer Furcht.

»Es gibt Schwerkraft, Kommandant. Ungefähr ein halbes *g*, mehr nicht, aber immerhin!«

»Sehr gut, Schleuse schließen!«

Einige Sekunden verstrichen. Dann war ein Fluch zu hören.

»Geht nicht, Kommandant. Das Schott klemmt irgendwie …!«

Lhoreda kam sich vor wie eine Schlafwandlerin, alles um sie herum schien wie in einem schlechten Traum abzulaufen, und sie hörte sich sagen:

»Die Kälte hat das Schott verzogen, vielleicht sogar das Metall regelrecht zusammengeklebt. Wenn wir unsere Handdüsen als Heizung einsetzen, können wir das Schott vielleicht lösen.«

Der Traum ging weiter. Lhoreda sah Gestalten sich bewegen; sie sah, wie Gharun Ferdinho und Devlin Brox sich mit ihren Handdüsen an dem Stahl des Schleusenschotts zu schaffen machten. Sie hörte die Bemerkungen, mit denen die beiden Männer sich gegenseitig anfeuerten, sie hörte das leise Zischen, mit dem die Atemluft aus ihren Tanks ins Innere des Anzuges strömte. Sie nahm dies alles wahr, ohne es geistig in irgendeiner Form verarbeiten zu können. Als ginge das ganze sie nicht das Geringste an, als betrachte sie lediglich einen schlechten Film, der sie nicht besonders interessierte.

Dann klang Jubel auf, als sich das Schott zu bewegen begann. Das Dunkel des Weltraums wurde ausgesperrt, die Schleuse wurde mit Luft geflutet. Ferdinho und Brox öffneten ihre Anzüge. Die Gesichter der beiden Männer waren schweißnaß, ihre Haare verklebt, aber ihre Augen strahlten, und sie schlugen sich gegenseitig auf die Schulter vor Freude.

»Geschafft!« stieß Brox Devlin hervor und wandte sich an Lhoreda, die teilnahmslos ins Leere starrte. »Komm, freu dich mit uns. Wir haben es geschafft, es ist vorbei.«

Als sei dies ihr Stichwort gewesen, fuhr Lhoreda auf und kehrte in die Wirklichkeit dieses Tages zurück. Sie schüttelte den Kopf.

»Nein«, sagte sie leise. »Keineswegs. Dies ist nicht das Ende. Jetzt fängt es erst richtig an!«

6.

Schwerkraft war nun vorhanden, die Techniker hatten gemessen: 0,65 *g*. Das reichte aus, den Menschen das Gefühl von festem Boden unter den Füßen zu verschaffen. Vielen gefiel die um ein Drittel geringere Schwerkraft verglichen mit dem irdischen Standardwert; sie konnten sich nun leichter, müheloser und eleganter bewegen.

Allerdings brachte diese neue Schwerkraft ihre Probleme mit sich. Erzeugt wurde das Schweregefühl durch die Rotation, in die die EMPRESS OF THE OUTER SPACE versetzt worden war. Das Schiff drehte sich im Raum um eine Achse, die parallel zu den Hauptverbindungskorridoren lief – von der Backbordsektion mitten durch die Zentralkugel hinüber zur Steuerbordsektion.

Die Folgen waren unübersehbar.

Schwerkraft gab es, aber sie war am stärksten dort, wo die Rotationsgeschwindigkeit am größten war, also in den äußeren Bereichen der EMPRESS OF THE OUTER SPACE. Das galt für die Spitzen der beiden Kegelsegmente und für ihre Böden. Es galt auch für die Kugelsektion in der Mitte, aber auch dort vornehmlich in den Außenbereichen. Im Zentrum der Kugel, also genau dort, wo die Kommandantenkabine und andere wichtige Einrichtungen lagen, war die künstliche Gravitation gleich Null. Es war wie auf einem primitiven Karussell: Außen bewegte man sich sehr flott und konnte vom Schwung heruntergewirbelt werden, in der Nabe drehte man sich gemächlich um die eigene Achse und spürte kaum etwas.

Es kam noch etwas hinzu: Die übliche künstliche Schwerkraft hatte einen Vektor, der genau entgegengesetzt zur Flugrichtung der EOS verlief. Dieser Richtungspfeil war für das ganze Schiff einheitlich, von der Spitze bis zu den Triebwerken, und entsprechend dieser Schwerkraft war die Inneneinrichtung der EMPRESS OF THE OUTER SPACE gestaltet worden.

Jetzt aber galten andere Bedingungen. Die neue Schwerkraft nach dem Karussell-Prinzip wirkte hin auf die Außenwand der EOS, von der geometrischen Zentrale ausgehend.

In den Räumlichkeiten, die – unter normalen Bedingungen – *unterhalb* der Zentrale lagen, fiel dieser Vektor mit steigender Entfernung von der Zentrale immer stärker aus. Bei Null beginnend steigerte der Wert sich bis zu zwei Dritteln des Normwertes an der Hülle.

Für den Bereich *oberhalb* der Zentrale war der Vektor in der Stärke jeweils gleich, aber für das Empfinden der Besatzung hatte er genau die falsche Richtung: Er zeigte nämlich hinauf zur früheren Decke, und auch hier fiel die Kraft um so stärker aus, je weiter man sich vom Zentrum entfernte.

Wer an der Unterseite der EMPRESS OF THE OUTER SPACE einen Spaziergang begann, hatte das Empfinden, mit jedem Deck, das er bewältigte, immer leichter zu werden, bis er im geometrischen Zentrum des Schiffes schwerefrei fliegen konnte. Danach aber wurde es kompliziert. Man bewegte sich in einer Welt, die auf dem Kopf zu stehen schien. Nicht ganz, denn ein großer Teil der früheren Einrichtung hatte sich, mehr oder weniger zertrümmert, ebenfalls den neuen Verhältnissen angepaßt. Wer den großen Speisesaal betreten wollte, mußte umständlich in ihn hinabsteigen und stand schließlich inmitten eines Haufens von Trümmern, von Tischen, Stühlen, Gedecken, Blumenvasen, Vorhängen und anderem Gerät *auf der früheren Decke* dieses Saales. Jener Teil der Einrichtung, der mit dem Boden fest verbunden gewesen war, schien nun kopfunter an der Decke zu hängen.

Zuerst fanden die meisten Besatzungsmitglieder diesen Anblick eher belustigend, er erinnerte an eine bizarre Tropfsteinhöhle. Aber wenn die staunenden Wanderer den Saal verließen, um ihre Kabinen aufzusuchen, dann fanden sie dort auch ihre Betten an der Decke kleben, während der Bettbezug Meter darunter Haufen auf dem Stahl des Bodens bildete.

Da niemand Lust hatte, seine Nächte in Gurten hängend zu verbringen, mußte umgeräumt werden. Die Schiffbrüchigen waren daher gezwungen, eng zusammenzurücken. Notbetten wurden improvisiert, jede Kabine war doppelt und dreifach belegt. Da die EMPRESS OF THE OUTER SPACE ein Schiff der Luxusklasse war, war der Raum nicht allzusehr beengt, aber die Großzügigkeit der alten Apartements und Suiten war dahin.

»Es wird Ärger geben«, prophezeite Lhoreda trocken, »wenn nicht jetzt, dann in ein paar Wochen. Die Leute mögen es gar nicht, einander so auf die Pelle rücken zu müssen.«

Ihre Kabine gehörte zu denen, die halbwegs normale Verhältnisse aufwiesen. Lhoreda teilte ihr Zimmer mit Thayer Brenstin, in ihr früheres Wohnzimmer war ein männliches Ehepaar eingezogen, das keinerlei Anstoß daran nahm, daß Lhoreda ihr Bett mit einem Mann teilte, mit dem sie kein legalisiertes Verhältnis verband. In anderen Apartements aber ging es wahrscheinlich nicht so tolerant zu; der Begriff Spießer hatte auch im dreizehnten Jahrhundert Neuer Galaktischer Zeitrechnung seine Bedeutung.

»Man wird es wohl aushalten können«, meinte Duke Jarmal, der ältere Partner des Paares, ein schlanker, hochgewachsener Mann, dem nicht einmal Katastrophen seine gute Laune verderben konnte.

»Es fragt sich nur, wie lange«, gab Lhoreda zurück.

Katastrophenidyll – man hatte es sich so bequem gemacht wie möglich. Im Gegensatz zu Lhoreda, die einen

Wohnstil bevorzugte, der dem spartanisch-kargen Zen-Buddhismus entsprungen zu sein schien, zog Thayer Brenstin plüschige Möbel, großformatige Naturabbildungen und künstliche Blumen vor. Der Ordnungssinn der Jarmals ließ stark zu wünschen übrig, und Lhoreda hatte auch schon bemerkt, daß ihr das Duftwasser nicht sonderlich gefiel, daß Thayer gern benutzte.

»Glaubt mir«, sagte Lhoreda mit einem schiefen Lächeln, »ich spreche aus Erfahrung. Die meisten häuslichen Morde entzünden sich nicht an Untreue oder Ähnlichem, sondern haben herumliegende Socken als Anlaß.«

Urian Jarmal zog die Stirn in Falten.

»Ist das ein zarter Wink oder schon eine klare Drohung?« fragte er behutsam an.

»Darüber bin ich mir selbst noch nicht ganz klar«, gab Lhoreda lächelnd zu. »Wir werden sehen.«

Sie stand vorsichtig auf. In ihrer Kabine lag die Schwerkraft nur bei einem Drittel des Normalwertes, das mußte bei allen Aktionen berücksichtigt werden. (Wie gut, daß es immer noch Gurte gab …)

»Du willst weg?«

»Ich mache einen Spaziergang durch das Schiff«, gab Lhoreda bekannt. Die Männer tauschten rasche Blicke, als sie sahen, daß Lhoreda ihren Paralysator in den Bund ihrer Hose stecke und unter einer weit fallenden Jacke verhüllte.

»Hoffst du dort draußen irgendwelche Beute zu machen, fürs Abendessen? Kälbergroße Schiffsratten beispielsweise oder Kakerlaken zum Grillen?«

»Ich bin nur vorsichtig«, antwortete Lhoreda und wandte sich zum Gehen.

»Du denkst an diesen Mörder, nicht wahr? Wie hieß er doch gleich?«

»Daryl Parthenay«, antwortete Thayer Brenstin sofort. Er war jemand, der sich schnell und leicht Sorgen machte, allerdings war er mehr um Lhoredas Wohlergehen bemüht als um das eigene. Auch das fing an, Lhoreda ganz langsam auf die Nerven zu gehen.

»Weiß man, wo er wohnt oder sich aufhält ?«

Lhoreda schüttelte den Kopf. »Leider nicht«, antwortete sie. »Seit der Katastrophe hat ihn niemand mehr gesehen.«

Das war in mehr als einer Hinsicht richtig: Da Parthenay in jeder beliebigen Gestalt auftreten konnte, konnte er sich gewissermaßen unsichtbar machen, wenn man neben ihm stand.

Die meisten Passagiere und Besatzungsmitglieder hatten Parthenay längst vergessen. Nach seinen Morden hatte er ein paar Tage lang den Hauptgesprächsgegenstand abgegeben, danach war er in Vergessenheit geraten, und er hatte sich nicht bemüht, diesen Zustand abzustellen.

Tote hatte es bei der Katastrophe nicht gegeben, auch wenn man das so exakt nicht hatte überprüfen können. Mehr als dreitausend Menschen waren ohne moderne technische Hilfsmittel kaum zu kontrollieren; wer sich wann und wo aufhielt, war nicht zu überwachen. Aber da nirgendwo größere Blutspuren oder gar Leichen gefunden worden waren, mußte man davon ausgehen, daß Parthenay noch lebte.

Und für Lhoreda Machecoul stand fest, daß Parthenay früher oder später aktiv werden würde – und wenn er aktiv wurde, dann war es fast sicher, daß er wieder morden würde.

Lhoreda trat auf den Gang.

Er lag verlassen da. Ein paar Kabinentüren standen offen, aus den dazugehörigen Räumen waren Gesprächsfetzen zu hören, Gelächter, in einem Fall sogar lautes Singen.

Lhoreda lächelte zufrieden. Noch war die Stimmungslage gut. Man hatte sich in der Katastrophe eingerichtet, jetzt mußte nur Geduld bewahrt werden. Früher oder später mußte der kaputte Hyperraum wieder funktionieren, dann würde Hilfe kommen, und der Alptraum hatte ein Ende.

Bis dahin galt es durchzuhalten und nicht die Nerven zu verlieren.

Leise bewegte sich Lhoreda vorwärts, dann öffnete sie eine Tür zum Treppenhaus und begann den Aufstieg.

Antigravlifte konnte man jetzt nicht mehr benutzen, sie waren lebensgefährliche Schächte geworden, die der Länge nach durch das ganze Schiff verliefen, und bei einem Sturz von mehr als zweihundert Metern Tiefe wirkte auch eine halbierte Schwerkraft tödlich.

Im stillen pries Lhoreda die Weitsicht der Konstrukteure der EMPRESS OF THE OUTER SPACE, die durchaus einkalkuliert hatten, daß es auch in der Technik dieses Jahrhunderts Ausfälle geben konnte und eine Reserve in Gestalt des sechsten Jahrtausends vor dieser Zeitrechnung eingebaut hatten – schlichte Treppenhäuser mit stählernen Stufen, die man gefahrlos benutzen konnte.

Das oberste Gesetz der havarierten EMPRESS OF THE OUTER SPACE lautete: Ruhe bewahren. Das zweite Gebot war ebenfalls deutlich: Energie sparen. Alle Bereiche der EOS, die nicht genutzt wurden, waren von der Energieversorgung abgekoppelt worden, und wo Energie eingesetzt wurde, geschah es sparsam. Die Treppenhäuser waren daher ziemlich schlecht beleuchtet. In der Atmosphäre von Luxus und Wohlleben, von der die EOS auch jetzt noch gezeichnet war, wirkten diese Räume seltsam archaisch; Lhoreda kam sich vor, als dringe sie in ein vorzeitliches Monument ein, eine Grabanlage oder einen vergessenen Tempel, der der Verehrung einer urweltlichen Gottheit aus Stahl und Staub diente.

Mit gleichmäßigen Bewegungen stieg Lhoreda in die Höhe.

Was sie entdeckte, waren erste Spuren nachlassender Moral und Disziplin. Jemand hatte Abfälle in das Treppenhaus gekippt, und die Luft war erfüllt von fauligen Gerüchen. Lhoreda hatte sogar den Eindruck, als sei das Treppenhaus als Nottoilette benutzt worden. Sie nahm sich vor, den Kommandanten davon in Kenntnis zu setzen.

Die nachlassende Schwerkraft gab Lhoreda einen Hinweis darauf, in welchem Deck sie sich befand. Als sie die richtige Höhe erreicht hatte, verließ sie das Treppenhaus und trat auf den Gang. Sie wandte sich nach links, zur Backbordsektion.

Die Laufbänder funktionierten natürlich nicht, sehr zum Verdruß vieler Passagiere; ohne diesen Komfort waren für viele Dinge und Verrichtungen an Bord beträchtliche Wanderungen erforderlich. Immerhin stellte das stilliegende Laufband eine schnurgerade, vollkommen ebene Straße zur Verfügung, auf der man sehr gut marschieren konnte. Vorausgesetzt, man hatte sich an die veränderte Schwerkraft gewöhnt.

Von dem Licht, das sie in der Backbordsektion entdeckt hatte, hatte Lhoreda dem Kommandanten nichts erzählt. Parthenay, so hatte sie entschieden, war ihre Angelegenheit, und Ferdinho hatte wahrhaftig mehr als genug zu tun. Und für sich selbst war Lhoreda entschlossen, nicht aufzuhören mit ihrer Arbeit, bis sie Parthenay zum zweiten Mal gestellt und verhaftet hatte.

Sie brauchte eine halbe Stunde, bis sie den Übergang zwischen den beiden Sektionen erreicht hatte. Das Schott war geschlossen. Bis hierher reichte das Gebiet, in das sich die Menschen der EOS zurückgezogen hatten, dahinter lag gewissermaßen Niemandsland.

Lhoreda mußte sich anstrengen, um das Schott öffnen zu können. In der geringen Schwerkraft konnte sie ihre Körperkraft nicht richtig einsetzen; an der Masse des Stahls, die zu bewegen war, hatte sich durch die Änderung der Schwerkraftverhältnisse nichts geändert.

Endlich gelang es ihr, das Schott so weit zu öffnen, daß sie hindurchschlüpfen konnte. Sie schaltete den Handscheinwerfer ein, den sie mitgenommen hatte; in der unbenutzten Sektion wurde keine Beleuchtung eingeschaltet. Einen Augenblick lang überlegte sie, ob es klug war, sich so den Rückzug abzuschneiden, aber da sie nicht wollte, daß ihr jemand folgte, war es wohl besser, das Schott zu schließen.

Nach einigen Minuten war sie in der Backbordsektion allein. Die Geräusche der EOS waren hinter dem Schott zurückgeblieben, eine beklemmende, atemlose Stille umfing sie.

Die Dunkelheit war vollkommen. Beleuchtet wurde nur das, auf das sie den Strahl ihrer Lampe richtete. Sie veränderte den Fokus so, daß der Strahl breit gefächert war, aber auch das änderte wenig an dem Eindruck, den die Szenerie auf sie machte.

Dunkelheit und Stille. Kein Leben außer ihr. Sie schritt durch eine vergangene, vergessene Welt, die in den Tiefen der Zeit untergegangen zu sein schien. Nichts von dem, was sie sah, schien etwas mit ihr zu tun gehabt haben. Das strahlende Licht riß Details aus dem Dunkel, eine halb offen stehende Tür, den Bodenbelag, die Nummernschilder an den Türen, stumpfe

Leuchtkörper. War es wirklich erst ein paar Tage her, daß diese Gänge und Räume von lachenden, fröhlichen, gutgelaunten Menschen bevölkert gewesen waren?

Es war gut zu erkennen, mit welchem Aufwand diese Räume eingerichtet worden waren, und gerade das verstärkte den unheimlichen Eindruck. Es war die Stille und gespenstische Verlassenheit eines Wracks, durch die Lhoreda sich bewegte.

Immer wieder hielt sie inne, lauschte, ließ den Scheinwerferstrahl wandern. Kein Leben war zu entdecken, die Räume waren gekennzeichnet von der keimfreien Kälte des Todes. Lhoreda bemerkte, daß ihr Atem schwerer ging. Sie hatte Angst, und sie wußte es.

Irgendwo in dieser Stahlgruft hielt sich vielleicht Daryl Parthenay auf. Er brauchte nicht damit zu rechnen, daß jemand in diesem Dunkel auf ihn lauerte, um ihn zu überfallen. In seiner Welt gab es keine Schurken, diese Rolle füllte allein er aus. Wahrscheinlich bereitete es ihm sogar Vergnügen, sich als Herr dieses Totenreiches zu fühlen.

Oder hatte er es doch vorgezogen, sich unter Menschen zu mischen? Unentdeckt, unerkennbar, in jeder Sekunde lügend, täuschend und schauspielernd, weil er immer ein anderer sein mußte als der, der er wirklich war. *Wie erträgt ein Mensch diese ununterbrochene Verleugnung seiner selbst?* fragte sich Lhoreda, während sie langsam weiterging. *Wie wird er damit fertig, alles, was er war, immer wieder zu verleugnen?*

In diesen Minuten kalter, schwarzer Einsamkeit hatte Lhoreda Machecoul zum ersten Mal eine Art seelischen Kontakt zu dem Mann, den sie jagte. Jedes Mal, wenn Parthenay in eine seiner Masken schlüpfte, übte er Verrat an sich selbst. Wenn er immer wieder ein anderer war – oder eine andere, Parthenay kannte da keine sexistischen Vorurteile –, gab er sich selbst preis, beschimpfte und beschmutzte er sein Ego. Denn wäre er in sich selbst, in seinem Körper wie in seinem Charakter, zu Hause gewesen, hätte er dieses Täuschungsspiel nicht betreiben müssen.

Er konnte sich größer machen als er war und kleiner – nur die Masse mußte übereinstimmen, und selbst die ließ sich wahrscheinlich dadurch ändern, daß er entsprechend viel trank und das Wasser als Füllmaterial in seinen neuen Körper integrierte. Er konnte dick erscheinen oder hager, er konnte blonde, braune oder gar keine Haare tragen. Die Farbe seiner Augen – er konnte sie sich aussuchen. Er konnte als Mann auftreten oder den Körper einer Frau annehmen. Lhoreda überlegte, daß es mit Parthenays Männlichkeitsgefühl nicht weit her sein konnte, wenn es ihm so leicht fiel, die Geschlechterrolle zu wechseln.

Abgesehen von seinen Morden – das vielleicht größte Verbrechen beging Parthenay an sich selbst. Er war, bei all seiner Perfektion, kein begnadeter Schauspieler. Er spielte keine Rolle, er war nicht Daryl Parthenay als … – als Held, Schurke, Charmeur, Griesgram oder was auch immer. Wenn er eine Rolle übernahm, dann warf er sich selbst gleichsam weg wie Abfall, und jeder Tausch dieser Art mußte seinem Selbstwertgefühl bleibenden Schaden zufügen

Lhoreda hatte ihn als archaischen, exotischen Krieger erlebt, auf dem Planeten Huacinera. Er hatte beeindruckend gewirkt, das gestand Lhoreda uneingeschränkt ein. Aber das war nur seine Maske gewesen – der echte Parthenay gehörte zu jener Sorte Mensch, für die Lhoreda eine scharfzüngige Definition hatte: so unscheinbar, daß er in einer Menschenmenge von drei Personen spurlos verschwinden konnte.

Und je mehr er den Erfolg seiner Auftritte ausgestalten konnte, je perfekter ihm seine Täuschung gelang, um so wertloser und schäbiger wurde sein wahres Ego. Ein Teufelskreis der Selbsterniedrigung, wie Lhoreda bewußt wurde; Parthenay balancierte ununterbrochen auf jener seltsamen philosophischen Grenze entlang, die *Enantiodromie* genannt wurde: das Phänomen des Umschlags einer Sache in ihr genaues Gegenteil.

»Wo bist du, Daryl Parthenay?« fragte Lhoreda halblaut; sie sprach mehr zu sich selbst als zu einem unsichtbaren Zuhörer. »Wo hältst du dich verborgen, in welche Gestalt hast du dich geflüchtet?«

Sie bekam keine Antwort.

Aber sie war sicher, daß Parthenay sich hier herumtrieb. Dieser abgestorbene Teil der EMPRESS OF THE OUTER SPACE war ein Spiegelbild seiner selbst: prunkender, aber völlig lebloser Luxus, ein Totenreich der Verlassenheit, unheimlich, kalt, dunkel, ein Raum, der Lhoreda schaudern machte.

Sie rief sich ins Gedächtnis zurück, wo sie das Licht gesehen hatte. An der Außenwand, im obersten Drittel des Segments. Langsam arbeitete sie sich in diese Region vor, in der rechten Hand den Paralysator, in der linken den Scheinwerfer, der vor ihr Stück für Stück, Meter für Meter dieser Schattenzone aus dem Dunkel riß und hinter ihr wieder in Finsternis versinken ließ.

Ab und zu blickte sie auf den Boden, hielt nach Spuren Ausschau. Seit die Roboter diese Teppiche zum letzten Mal gereinigt hatten, waren einige Tage vergangen, dennoch war kein Staub zu sehen. Wenn Parthenay sich hier aufgehalten haben sollte, hatte er jedenfalls keine Spuren hinterlassen.

Die EMPRESS OF THE OUTER SPACE war ein riesiges Schiff, und in der Dunkelheit fiel es Lhoreda schwer, sich zu orientieren. Hatte sie das richtige Deck erreicht? Den richtigen Korridor?

In diesem Bereich waren einmal Passagiere untergebracht gewesen. Lhoreda erinnerte sich: die Imperatoren-Suiten. Es gab zwei davon, in jedem Kegel eine – ein Ensemble von fünfzehn Räumen, die fast die gesamte Kegelspitze einnahmen. Wer die Reise mit der EOS in diesen Räumen verbringen wollte, mußte dafür in einer Woche soviel bezahlen, wie mancher Terraner in einem Jahr verdiente.

Lhoreda lachte halblaut. »Ja, das würde zu dir passen, Daryl Parthenay. Die Imperatoren-Suite für Daryl Parthenay den Ersten, Großfürst des Grauens, Imperator des Irrsinns!«

Sie hatte laut gesprochen. Vielleicht hörte er sie, vielleicht konnte sie ihn provozieren. Parthenay war eitel, das stand fest; er wollte beeindrucken, bewundert, geschätzt werden, wahrscheinlich noch lieber gefürchtet. Kurz vor seiner Verhaftung hatte er Lhoreda das Schaudern zu lehren versucht, recht erfolgreich, wie sie sich eingestehen mußte – jenen Augenblick, in dem sie sich selbst hatte anblicken müssen, würde sie bis ans Ende ihrer Tage nicht vergessen.

Lhoreda blieb stehen. In dieser Sekunde war sie zu einer Einsicht gekommen: Nein, sie brauchte Parthenay nicht zu fürchten, nicht in diesem Augenblick. Er würde nicht aus dem Dunkel über sie herfallen oder aus dem Hinterhalt auf sie schießen, wogegen sie nichts hätte zu ihrer Rettung machen können.

Sie hatte Parthenay zweimal enttarnt, zweimal verhaftet. Unerbittlich war sie auf seiner Spur gewesen, hatte zwei seiner Mordanschläge mit knapper Mühe und Not überlebt. Sie war, daran konnte kein Zweifel bestehen, nicht nur Parthenays erbittertster Feind und seine unermüdliche Jägerin – gerade durch ihre Bemühungen, seiner habhaft zu werden, wurde er aufgewertet. Sie hatte ihm durch ihre Aktionen sehr genau zu verstehen gegeben: Für Lhoreda Machecoul war Daryl Parthenay einer der wichtigsten Menschen in ihrem Leben. War es nicht das, was er erstrebte? Würde er die Schmeichelei, die in dieser Hartnäckigkeit lag, mutwillig zerstören?

Ganz bestimmt nicht sofort. Parthenay litt am *Bad-guy*-Syndrom. Nein, ein kalter, schneller, exekutionsmäßig ausgeführter Mord war seine Sache nicht. Er brauchte dazu die große Szene. Er mußte schwadronieren, mit seiner Macht und Größe prahlen, sein Opfer bedrohen, einschüchtern, seelisch und körperlich zerbrechen, bevor er tötete – und ganz besonders in Lhoredas Fall.

Sie machte sich keine Illusionen: Parthenay würde sie töten, letztlich würde er auf diesen Triumph nicht verzichten wollen. Aber er würde es nicht fertigbringen, diesen Triumph nicht auch auszukosten – jemand mit spitzer Zunge hatte diesen Menschentyp einmal als *Triumfant* bezeichnet: kein Sieg ohne elefantöses Herumtrampeln auf dem Überwundenen.

Das gab Lhoreda in jedem Fall eine Chance, keine sehr große: Parthenay war gerissen, kaltblütig und völlig frei von Skrupeln – aber sie würde ihre Chance haben.

Lhoreda holte tief Luft. Sie stand jetzt vor der Tür zur Imperatoren-Suite. Diese Suite war beim Start nicht belegt gewesen; Nabobs stellten sich nicht bei jedem Flug ein. Also hatte man diese Kabinen auch nicht öffnen müssen. Dennoch waren deutlich die Spuren eines Thermoschweißgeräts zu erkennen. Vermutlich hatte sich die Tür wegen dieser Behandlung ein wenig verzogen und wurde so in ihrer Position gehalten.

Durch das Loch, das der Brenner geschaffen hatte, spähte Lhoreda ins Innere. Dunkelheit. Parthenay schien, wenn er überhaupt hier hauste, nicht zu Hause zu sein. Lhoreda stieß die Tür langsam auf; sie bewegte sich leicht, dem Zug der Schwerkraft folgend, nach unten.

Lhoreda stand auf der Wand neben der Tür, die zu ihren Füßen nun ein Loch freigab. Die Terranerin streckte sich auf dem Untergrund aus, richtete den Scheinwerfer nach unten und leuchtete in die Kabine hinein.

Auf dem Boden – aus ihrer Sicht – ein Haufen Trümmer, das, was von der Einrichtung übriggeblieben war. Von der Tür bis zu diesem Boden war eine Strecke von knapp sechs Metern zu bewältigen – ein bißchen viel, um sich einfach hinabfallen zu lassen. Lhoreda rechnete kurz nach: sechs mal 0,7, unter normalen Bedingungen also 4,2 Meter Fallhöhe. Nicht unüberwindlich für eine durchtrainierte Kriminalistin, aber der Landeplatz sah so aus, als könne man sich dort beim Aufprall wenigstens böse Prellungen einhandeln.

Lhoreda drehte sich herum, ließ erst die Beine hinabbaumeln, glitt weiter und rutschte tiefer in das Loch hinein. Lampe und Waffe hatte sie in den Gürtel gesteckt, die Beleuchtung war daher sehr schlecht.

Schließlich hing sie an ihren Händen, ließ los – und stürzte. Es passierte genau das, wovor sie sich gefürchtet hatte: Sie kam falsch auf, knickte im linken Bein ein und stürzte mit Gepolter auf den Trümmerhaufen. Ihr linkes Knie tat höllisch weh, und Lhoreda stieß ein Ächzen aus.

Eine schnelle Probe ergab, daß sie sich zwar ein paar Schmerzen, aber keine Verletzung eingehandelt hatte. Sie kam wieder auf die Beine. Langsam ließ sie den Scheinwerferstrahl durch den Raum wandern.

Auf den ersten Blick hätte man meinen können, dieses Quartier sei für Parthenay entschieden zu ungemütlich; sein Originalkörper war eher von der schwammig-weichen, untrainierten Sorte gewesen. Aber da ihm jede denkbare Art von Körper zur Verfügung stand, wenn er nur wollte, konnte er mit solchen Problemen bequem fertig werden – ein Oxtorner hätte sich bei einem solchen Sprung nicht einmal blaue Flecken geholt.

In diesem Raum war nichts Besonderes zu entdecken. Lhoreda stolperte über die Trümmer hinweg zur Tür, die in den benachbarten Raum führte. Das Schlafzimmer war mit einem prunkvoll großen Himmelbett ausgestattet, das fest am Boden verschraubt gewesen war und nun kopfunter hing.

Der Betthimmel, ein seidiges Gebilde, das im Licht der Lampe blaugold schimmerte, mußte aus einem sehr widerstandsfähigen Material bestehen. Da es nun auf dem Kopf stand, hatte sich darin eine Kuhle gebildet, einer Hängematte vergleichbar.

Diese Schlafstatt war benutzt worden. Kissen und Bettdecke lagen nicht einfach nur in dieser Wölbung, sie waren geordnet worden. Jemand hatte darin geschlafen.

»Also doch!« stieß Lhoreda triumphierend hervor. »Jetzt hab' ich dich, Daryl Parthenay.«

Sie fand weitere Spuren: Essensreste, säuberlich verpackt und in einem Korb verstaut – Parthenay war ein sehr ordnungsliebender Bursche, erinnerte sich Lhoreda. Lektüre – zwei Bände mit moderner Lyrik, deren Anblick Lhoreda einigermaßen erstaunte, der neueste Roman von *Anna Maria Marietta*. Kleidungsstücke, ebenfalls ordentlich verstaut.

Lhoreda suchte weiter. Sie fand genügend Spuren, aber von Parthenay selbst war nichts zu sehen. Der

Gedanke an Fingerabdrücke kam Lhoreda, aber sie verwarf ihn sofort wieder. Erstens standen ihr die Mittel nicht zur Verfügung, die sicherlich vorhandenen Abdrücke zu nehmen, zum anderen würde sie dabei gewiß wieder eine von Parthenays scherzhaften Überraschungen erleben. Seine Mimikry schloß Handlinienmuster ein; durchaus möglich, daß man hier zahlreiche Prints von Perry Rhodan oder Atlan entdecken konnte.

Auch das Bad war benutzt worden, und in einem der anderen Räume entdeckte Lhoreda eine Wendeltreppe, die zur Spitze des Segments führte. Es war beschwerlich, diese Treppe zu benutzen, aber Lhoreda tat es.

Kurz vor dem Ende der Treppe hielt sie inne. Zum ersten Mal hatte sie ein Geräusch gehört: ein leises Summen und Brummen, dessen Quelle sie sich nicht erklären konnte. Sie nahm die Waffe zur Hand, klemmte sich die Lampe umständlich zwischen die Kiefer und krabbelte weiter.

Das Summen wurde lauter. Von Parthenay stammte es bestimmt nicht. Hatte er irgendein Gerät eingeschaltet gelassen? Nein, ausgeschlossen – dieser Teil der EOS war von der Energieversorgung abgetrennt.

Sie hielt inne. Der Raum, den sie zu betreten sich anschickte, bildete die Kegelspitze, und außer dem früheren Boden bestanden alle Wände aus Glassit. Von hier aus hatte man vermutlich bei Starts und Landungen einen herrlichen Ausblick, wahlweise auf den jeweiligen Planeten oder in das strahlende Sternenfunkeln der Milchstraße.

Lhoreda krallte sich an dem Stahlgewirr der Treppe fest. Sie griff nach der Lampe und richtete den Lichtstrahl hinab in die Kegelspitze.

Sofort fiel ihr die Bewegung auf. Etwas Schwarzes,

bedrohlich Summendes bewegte sich dort unten; es glitzerte seltsam, schwankte hin und her, stieg plötzlich zu ihr auf.

Dann erkannte sie das Gebilde.

Fliegen, Abertausende von schwarzen, dicken Fliegen mit ihren im Licht metallisch glänzenden Flügeln und Facettenaugen. Daß es Fliegen an Bord von Raumschiffen gab, war nicht verwunderlich; irgendwie schafften es die Insekten immer, sich selbst in die abgeschlossensten Räume hineinzuschmuggeln, und an Bord eines Schiffes, das Tausende von Menschen und Zehntausende von Tonnen Ladung trug, war es nahezu unvermeidlich, daß das eine oder andere Insekt sich einschlich.

Aber ein solcher Schwarm? Hier an Bord der EMPRESS OF THE OUTER SPACE?

Unwillkürlich bewegte Lhoreda den Arm mit der Lampe, als könne sie die Schwirrer und Summer damit verscheuchen. Und während der Lichtkreis des auftretenden Strahls durch den Raum zuckte, gewahrte sich noch etwas.

Lhoreda hielt den Atem an; erst jetzt wurde ihr der unglaubliche Gestank bewußt, der im Raum hing. Er war seltsam süßlich, aber die Hauptkomponente war eindeutig …

Lhoreda Machecoul stöhnte auf, als sie die Körper sah. Massig und schwarz hoben sie sich gegen den Hintergrund des Weltraums ab. Sie klebten gleichsam an den früheren Wänden, beim ersten Zusehen nicht mehr als unförmige Massen aus schwarzem Material. Und dann sah sie auf diesem Schwarz einen dichten weißen Schimmer, der sich sanft zuckend bewegte …

Danach gab es für Lhoreda kein Halten mehr …

7.

»Maden?«

In der Stimme des Kommandanten klang eine Spur jenes Ekels mit, den Lhoreda in viel stärkerem Maß empfunden hatte und der ihren Magen in wilde Aufruhr versetzt hatte. Panisch, wie von Furien gehetzt, hatte sie den Rückzug angetreten und dabei mehr als einmal anhalten müssen, um sich zu erbrechen.

Noch jetzt krampfte sich alles in ihr zusammen, wenn sie nur an den Anblick dachte, der sich ihr geboten hatte.

»Die Fliegen haben ihre Eier in den Leichen abgelegt, daraus sind die Maden geworden, daraus Fliegen und die haben wieder ... Es hat sie ja niemand gestört. Es müssen Tausende gewesen sein.«

»Großer Gott!« murmelte Gharun Ferdinho. »Und das alles an Bord der EMPRESS OF THE OUTER SPACE.«

Devlin Brox bewahrte mühsam die Fassung. »Wie viele?« fragte er leise. »Du hast die Mehrzahl benutzt.«

»Fünf«, antwortete Lhoreda. »Fünf Leichen habe ich in diesem Raum entdeckt, verwesende, madendurchsetzte Kadaver. Es war ...« Sie wandte sich ab und würgte.

»Und du bist sicher, daß es Daryl Parthenay gewesen ist?«

Lhoreda nickte unter Krämpfen. »Es kommt kein anderer in Frage«, brachte sie mühsam über die Lippen. »Mörder sind selten heutzutage, und wenn, handelt es sich in neunzig von hundert Fällen um sehr persönliche und private Tatmotive: Haß, Eifersucht, Neid und dergleichen. Zwischen Täter und Opfer ...« – sie richtete sich langsam wieder auf; in ihrer Kehle brannte der Nachgeschmack des Erbrochenen – »... gibt es fast immer eine persönliche Beziehung. Serienmörder bekommt man heute als Kriminalist kaum noch zu sehen.«

Sie lächelte angestrengt. »So gesehen, könnte man mich geradezu als Glückskind bezeichnen.«

»Ich verzichte gern auf so ein Glück«, murmelte Brox erschüttert.

»Daß wir zwei Killer vom Schlage eines Daryl Parthenay an Bord haben sollen, kann ich mir einfach nicht vorstellen. Die Wahrscheinlichkeit ist einfach viel zu niedrig.«

»Ungefähr so groß wie die, mit zweitausend Paxen mitten im Nichts zu stranden«, kommentierte Gharun Ferdinho bitter. »Also Parthenay. Hast du erkennen können, wer die Opfer gewesen sind ...«

»Bist du übergeschnappt?« schrie Lhoreda entsetzt auf. »Die Leichen waren am Verwesen, in ihren Körpern krochen diese ekligen Maden herum, glaubst du, da habe ich ... oohh!«

»Beruhige dich, Lhoreda, bitte. Ich dachte immer, Kriminalisten sind an so etwas gewöhnt.«

»Ach, Quatsch!« entfuhr es Lhoreda. Sie hatte jetzt wirklich keine Lust, sich um eine gepflegte Sprache zu bemühen. »Du hast zu viele Trivideo-Streifen gesehen. Nur da stolpern die Detektive ständig über Leichen, und die sehen dann auch immer sehr manierlich aus. Meistens Frauen, nur mit ein bißchen Parfüm bekleidet und hübsch dekorativ in einem Swimmingpool treibend, kopfunter natürlich, weil Busen ist jugendgefährdend, Leichen hingegen nicht.«

Die beiden Männer in der Kabine des Kommandanten wechselten einen raschen Blick. *Frauen,* besagte dieser Blick, und Lhoreda dachte: *Männer*!

»Möchtest du ein Beruhigungsmittel?« erkundigte sich Gharun Ferdinho fürsorglich und bekam als Antwort nur einen abweisenden Blick. »Gut, dann nicht. Was hast du erkennen können?«

»Drei Männer, den Konturen und der Kleidung nach zu schließen, zwei Frauen, mehr weiß ich nicht. Ach ja, einer der Männer hat eine Borduniform getragen. Er war ziemlich dick, ungefähr deine Statur, nur ein bißchen kürzer.«

»Wenn du einmal sauer bist, soll es bitteschön auch jeder mitbekommen, nicht wahr? Danke für das Kompliment.«

Lhoreda machte eine schwache Handbewegung. »Tut mir leid«, sagte sie matt. »Ich bin mit den Nerven ziemlich am Ende. Die ganze Zeit, während ich zurückgekrabbelt bin, habe ich Angst gehabt, Parthenay wäre hinter mir her, um mich seiner Sammlung von Kadavern einzuverleiben.«

»Verständlich«, kommentierte Ferdinho. Er kratzte sich am Bart, der inzwischen zu einer schwarzsilbern marmorierten Flechte herangewuchert war. Seine Frau würde sich für dieses kratzige Mitbringsel bedanken, vermutete Lhoreda. »Aber warum nur? Warum hat er das getan? Was bezweckt er damit? Ist es einfach nur pure Mordlust?«

Lhoreda schüttelte den Kopf.

»Bestimmt nicht«, antwortete sie, allmählich ruhiger werdend. »Parthenay ist ein Soziopath. Er löscht Leben aus, wie andere das Licht ausschalten, wenn er es gerade braucht. Wahrscheinlich quält er seine Opfer vorher noch, weil es ihm Spaß macht, aber nur deswegen würde er bestimmt nicht töten.«

Sie versuchte erneut, sich die abwegige Psyche dieses Menschen vorzustellen.

»Schau mal, Parthenay will etwas darstellen, er will uns beeindrucken. Daß er dabei tötet, ist wichtig für ihn

– aber zu töten um des Tötens willen, das hätte keine Klasse. Es wäre stillos. Nicht seine Handschrift, sozusagen.«

»Und warum tut er es dann? Oder hat es getan, präziser gesagt? Er hat doch einen Grund, nicht wahr?«

»Vielleicht sind ihm diese Leute auf die Spur gekommen, rein zufällig«, vermutete Devlin Brox. »Die Leute wissen ja, wenn sie sich erinnern können, daß wir einen Mörder an Bord haben.«

»In diesem Winkel der EOS ist außer mir und Parthenay seit der Havarie niemand mehr gewesen, jedenfalls nicht freiwillig«, stellte Lhoreda nüchtern klar. »Diese Menschen sind nicht zu ihm gekommen, und er war – aus seinem verqueren Blickwinkel – gewissermaßen gezwungen, sie zu töten. Nein, ich bin sicher, er hat sie angelockt, ihnen eine Falle gestellt und sie dann kaltblütig getötet.«

»Und womit hat er sie gelockt? Mit Gold oder mit Würmern, wie Fische?«

Lhoreda Machecoul blickte Devlin Brox, der die Frage gestellt hatte, von der Seite her an. Sie lächelte kalt.

»Unter unseren zweitausend Paxen und den tausend Mann Bordpersonal gibt es eine Menge hübscher Frauen, wie du sicher schon festgestellt hast. Wenn dir die nächste schöne Augen macht und dich zu einem zärtlichen Beisammensein einlädt, dann paß auf. Es könnte nämlich Parthenay sein, der frisches Futter für seine Maden braucht.«

Devlin Brox wurde blaß. »Ich habe begriffen«, sagte er leise. »Brrr ...!«

»Wir werden auf jeden Fall einen Trupp losschicken müssen, der die Leichen birgt«, dachte Gharun Ferdinho laut nach. »Vielleicht läßt sich dann noch feststellen, wer die Toten sind. Dann haben wir ihn!«

»Eben nicht«, widersprach Lhoreda bitter. »Im Gegenteil, wir werden diese Leichen dort lassen, wo sie sind.«

»Hast du kein Empfinden für Pietät oder so etwas? Du kannst diese armen Geschöpfe doch nicht einfach in diesem Loch verfaulen lassen!«

»Laß bitte die Gefühle beiseite, in allen Ehren, und benutz deinen Verstand. Ich weiß nicht, ob Parthenay diesen Raum noch einmal betreten wird. Er war dort, das weiß ich. Wenn er dort erneut auftaucht und stellt fest, daß die Leichen verschwunden sind – einmal abgesehen davon, daß du diese Aktion niemals wirst geheimhalten können –, dann weiß er, daß diese Identitäten von ihm aufgeflogen sind. Möglich, daß er ohnehin weitermordet, aber wenn seine Tarnung entdeckt ist, dann *muß* er gewissermaßen morden, um sich sofort eine neue Deckung zu verschaffen.«

»Deswegen hat er diese Leute getötet? Um unerkannt an Bord leben zu können? Aber warum gleich fünf?«

»Eine Tarnidentität würde eigentlich genügen«, antwortete Lhoreda. In Augenblicken wie diesem haßte sie sich für die gefühllose Klarheit ihres Verstandes. »Vorausgesetzt, es käme ihm nur darauf an, unentdeckt zu bleiben, bis wir gerettet werden. Wenn er aber etwas vorhat, also einen Plan verfolgt, dann genügt eine Identität nicht, sie engt ihn zu sehr ein.«

»Du meinst, er hat, gewissermaßen – *auf Vorrat gemordet*?«

»Das ist drastisch ausgedrückt, aber so ist es wahrscheinlich. Parthenay hat etwas vor, was, das weiß ich nicht, aber er verfolgt einen bestimmten Plan. Und für diesen Plan ist es bestimmt günstiger, wenn er ab und zu die Identität wechseln kann.«

Gharun Ferdinho ließ ein Schnauben hören. »Und

was ist das für ein Plan? Du hast doch sicher irgendeine Idee, wenigstens eine vage Vorstellung von dem, was in seinem Kopf vorgeht.«

Lhoreda schüttelte den Kopf. »Nicht die geringste«, sagte sie. »Ich weiß nur eines: Es wird fürchterlich werden. Unsere Lage ist wahrhaftig schlimm genug, aber sie läßt sich aushalten. Wenn Daryl Parthenay zuschlägt, dann werden wir an Bord dieses Traumschiffes erfahren, wie es ist, in einem Wirklichkeit gewordenen Alptraum zu leben.«

Die Terraner starrten sich an. Keiner sagte ein Wort. Gharun Ferdinho hatte die Augen geschlossen und atmete schwer. Als Kommandant der EMPRESS OF THE OUTER SPACE trug er für alle Vorgänge an Bord die alleinige Verantwortung.

Lhoreda konnte sich ungefähr vorstellen, wie schwer Gharun Ferdinho an dieser Verantwortung zu tragen hatte; selbst unter günstigen Umständen war dies vermutlich sein letztes Kommando.

Vorausgesetzt allerdings, er und die anderen an Bord überlebten diese Katastrophe – und dafür standen die Chancen nicht besonders gut. Ganz besonders nicht, wenn sich weiterhin ein gewisser Daryl Parthenay meuchelnd durch die Decks bewegen konnte.

Lhoreda verließ die Kabine. Sie fühlte sich müde, zerschlagen und ausgebrannt. Ihr ganzer Körper schien innen wie außen von einer dicken Schicht kalten, schleimigen Ekels eingehüllt zu sein. Bei dem Gedanken daran, irgendwann an diesem Tag ins Bett steigen zu müssen, einzuschlafen und dann womöglich träumen zu müssen – *davon* träumen zu müssen – schauderte.

Ihre Kabine war leer, die Jarmals waren irgendwo an Bord unterwegs. Entweder hatten sie irgendeinen Dienst zu verrichten – ohne die emsigen Roboter gab es an Bord genug zu tun für jedermann –, oder sie hatten sich einer Gruppe angeschlossen, um zu plaudern, Gesellschaftsspiele zu betreiben oder sich im Bordkino einen jener schauerlichen Trivideo-Streifen anzusehen, in denen es von illegitimen Sprößlingen Perry Rhodans oder Atlans wimmelte oder glubschäugige Weltraumbestien schier vergingen vor Eifer, kreischende terranische Männchen zu irgendwelchen – niemals gezeigten und wohl auch kaum vorstellbaren – Sexspielchen zu verschleppen. Sollten sie; Lhoreda war froh, allein zu sein.

Sie stand eingeseift unter der Dusche, als jemand den Raum betrat. Dem Geruch nach zu schließen – ein bißchen zu warm und süßlich –, mußte es Thayer Brenstin sein. Er öffnete die Tür der Duschkabine und blieb auf der Schwelle stehen. Er lächelte freundlich.

»Weißt du eigentlich, daß du eine bemerkenswert attraktive Frau bist?« fragte er.

»Schon seit einigen Wochen«, antwortete Lhoreda, froh darüber, daß Thayer sie ablenkte. Sie wußte, daß sie ganz bestimmt keinen Ehevertrag mit ihm abschließen würde, aber unter den gegebenen Umständen war er ein sehr brauchbarer Lebens- und Bettgefährte. »Du hast es mir gesagt.«

»Und ich kann nicht lügen!« behauptete Thayer.

»Ein hübsches Paradoxon«, gab Lhoreda zurück. »Wäscht du mir den Rücken, bitte?«

Sex war gewiß eine feine Sache, selbst wenn man sich dazu ans Bett festgurten mußte, aber Rückenrubbeln war nach Lhoredas Erfahrung um ein Vielfaches besser. Und wenn Thayer Brenstin etwas konnte, dann war es Rückenrubbeln. Seine Fingernägel hatten genau die richtige Schärfe, und er kannte sehr genau die Stellen, wo er sie einsetzen mußte und an die Lhoreda selbst nie herankam.

»Noch ein bißchen tiefer, ja? Und mehr rechts ...! Oh ja, genau so, mehr, mehr ...«

Außerdem besaß er in dieser edlen Kunst eine erstaunliche Ausdauer, wie er während der nächsten halben Stunde bewies, in der sich Lhoreda wohlig drehte und wand, bis sie genug hatte. Zum Abschluß gab Thayer ihr einen sanften Klaps auf die Kehrseite.

»Meine kallipygische Freundin«, sagte er grinsend.

»Deine was?«

»Kallipygisch«, antwortete der Steward und betrachtete seine Montur, die ziemlich eingefeuchtet worden war und etliche Seifenspuren aufwies. »Das ist eine sehr alte, sehr griechische und hochgebildete Umschreibung dafür, daß du einen hübschen Po hast.«

»Wenn du Komplimente machst, wogegen ich nichts habe, dann wenigstens solche, die ich ohne Translator verstehen kann.«

»Ich werde mich bemühen, Lhoreda. Verrätst du mir, wozu du dich jetzt noch anziehen willst?«

Lhoreda sah ihn verständnisheischend an.

»Tut mir leid«, sagte sie dann leise. »Aber nach diesem Tag bin ich einfach nicht in der Stimmung für unsere unfreiwilligen Fesselungsspiele. Ich ...«

Thayer Brenstin bewies Einfühlungsvermögen. Er ahnte, worum es ging.

»Laß mich raten: dein besonderer Freund Daryl Parthenay. Was hat er jetzt schon wieder angestellt?«

Lhoreda zögerte. Sie hatte keine Lust, sich noch einmal an all die grausigen Details dieser Geschichte zu erinnern. Auf der anderen Seite, sie wog das gegeneinander ab, hatte Thayer ein gewisses Recht zu wissen, wie es um sie bestellt war.

Sie berichtete also, anfangs ziemlich knapp und dürr, danach ausführlicher, und dabei registrierte sie ein erstaunliches Phänomen: Daß sie den Vorfall fast genau mit den gleichen Worten erzählte wie dem Kommandanten, erstaunte sie nicht; sie war gewohnt, sich mündlich wie schriftlich sehr präzise auszudrücken, und wenn sie für ein Ereignis einmal eine passende sprachliche Form gefunden hatte, dann paßten Vorfall und Bericht zueinander wie Handschuh und Finger.

Das Eigenartige war, daß sich der Vorfall selbst bei jeder erzählerischen Wiederholung gleichsam abschliff und unkenntlicher wurde, und Lhoreda erinnerte sich auch, woher ihr das Phänomen bekannt vorkam. Im modernen Sportleben lief es ähnlich: Wenn ein Spieler in einem extrem wichtigen Match drei bildschöne Treffer erzielt hatte und auf dem Weg zwischen Spielfeld und Kabine dreißig verschiedenen Sendern berichtet hatte, wie es dazu gekommen war, hatte der arme Kerl, wenn er nach Hause kam, nichts mehr, worüber er sich freuen konnte – er hatte sich seinen Erfolg regelrecht zerschwätzt. Umgekehrt klappte das Verfahren natürlich auch: Dreißig Wiederholungen der gleichen faulen Ausrede für eine blamable Leistung, und die Ausrede hatte sich so verfestigt, daß kein Trainer sie mehr zerreden konnte. Ein subtiles, aber wirkungsvolles Verfahren, jeden Sport kaputtzumachen.

Lhoreda erging es ähnlich. Sie ließ nicht einmal die Stelle mit den Maden aus, und sie amüsierte sich sogar ein wenig im stillen darüber, wie sich Thayers Gesicht vor Entsetzen verfärbte.

»Und du glaubst wirklich, dieser Kerl will weitermachen?«

»Das wird er, ganz bestimmt.«

Thayer Brenstin sah sich scheu um, als befürchte er, Daryl Parthenay könnte jeden Augenblick in der Kabine auftauchen.

»Gräßlich«, murmelte er. »Wenn ich mir das vorstelle … Dieser Parthenay ist kein Mensch mehr, das ist …«

Lhoreda hob die Hand.

»Langsam, Thayer! Daryl Parthenay war, ist und bleibt ein Mensch, gleichgültig, was er angestellt hat. Er ist krank, meinetwegen irre, wahnsinnig, geistig gestört, wie immer man es nennen will. Aber er ist ein Mensch, und er ist nicht ausschließlich böse. Es gibt keine Menschen, auch keine anderen intelligenten Geschöpfe, die einfach durch und durch böse wären. Wenn er in die richtigen Hände käme, nach seiner Festnahme, könnte er in paar Jahren wieder seelisch gesund sein.«

»Wenn er in meine Hände käme, Lhoreda, wäre er nach ein paar Sekunden tot!« versicherte Thayer Brenstin grimmig.

Lhoreda schüttelte den Kopf.

»Du willst einen Menschen töten, um ihm damit klarzumachen, daß man Menschen nicht töten darf? Merkst du nicht, wie absurd das ist? Erstens ist es schlichtweg paradox. Und zweitens verrate mir einmal, wie er deine nachdrückliche Ermahnung anschließend beherzigen soll. Noch ein Paradoxon, wenn du so willst.«

Thayer Brenstin kniff die Augen zusammen und musterte sie eindringlich.

»Auf wessen Seite stehst du eigentlich in dieser Sache? Auf unserer oder auf seiner?«

»Ist das eine ernsthafte Frage? Selbstverständlich will ich Parthenay unschädlich machen, aber dies nach den Regeln der Guten. Die Guten haben es allerdings manchmal etwas schwieriger im Leben. Eben weil sie die Regeln einhalten, die sie als richtig erkannt haben.«

»Alles schön und gut, und sehr, sehr vernünftig. Aber

was ist mit deinen Gefühlen? Hast du kein Bedürfnis nach Vergeltung?«

»Natürlich. Ich habe Parthenay auch gehaßt und verabscheut, aber ich muß nicht nach allen meinen Gefühlen handeln. Außerdem ...«

»Außerdem, was?«

»Ich bin klar im Kopf, mein Verstand funktioniert, und danach handle ich, manchmal auch gegen meine Gefühle. Im übrigen habe ich für mein Handeln haargenau den gleichen Grund wie Daryl Parthenay – ich brauche es für meine Selbstachtung! Aber jetzt genug davon. Wollen wir uns nicht doch einem anderen Thema widmen?«

Thayer Brenstin blickte auf seinen Chronometer und schüttelte seufzend den Kopf.

»Tut mir leid, meine Pause ist abgelaufen. Ich habe noch Dienst. Ich werde versuchen, dich nicht zu wecken, wenn ich zurückkomme.«

Lhoreda lächelte sanft. »Wenn du mich zuerst am Rücken weckst, hätte ich wahrscheinlich überhaupt nichts dagegen ...«, versprach sie. Sie küßte ihn zum Abschied, und er verließ die Kabine. Lhoreda stoppte ihn mit einem Zuruf, als er auf der Schwelle stand.

»Ja?«

»Danke, Thayer. Das Gespräch hat mir gutgetan. Mir ist jetzt wieder einiges klarer als vorher.«

Thayer Brenstin lächelte dünn. »Schön, daß ich zu etwas nütze war – bis später!«

Dann war er verschwunden. Lhoreda schlüpfte in einen weichen, flauschigen Pyjama und machte es sich auf dem Bett bequem. Wenige Minuten später schlief sie ein, und sie träumte nicht von Daryl Parthenay.

8.

»Es braut sich etwas zusammen, ich hab's in den Knochen!« brummte Gharun Ferdinho durch den Teppich vor seinem Kinn. Der Bart hatte nach zwei Monaten eine Länge und Dichte erreicht, die einem Singvogel als Nest hätte dienen können. Allerdings sah er teilweise eher so aus, als hätten sich Mäuse daran gütlich getan.

»Was sollte das sein?« fragte Lhoreda achselzuckend. Sie fühlte sich nicht gut, ihr Magen grummelte. Wahrscheinlich hatte sie irgend etwas Falsches gegessen. Die Qualität des Küchendienstes ließ nach wie vor sehr zu wünschen übrig. Leider fühlte sich Lhoreda außerstande, dem abzuhelfen. Ihre gastronomischen Kenntnisse beschränkten sich darauf, daß sie Speisekarten lesen konnte.

»Ich habe keine Ahnung«, antwortete Ferdinho. Lag es an der Küchenqualität oder an Selbstdisziplin, daß er erheblich schlanker geworden war? »Es ist mir einfach zu ruhig an Bord.«

»Die seltsamste Beschwerde, die ich jemals gehört habe«, warf Devlin Brox ein.

»Wir leben in einer zur Institution gewordenen Katastrophe«, ließ sich Ferdinho vernehmen. »Seit dem vermaledeiten neunten Januar hat sich an unserem Zustand nichts geändert, der Hyperraum ist nach wie vor kaputt. Und, offen gestanden, meine Hoffnung, daß Perry Rhodan oder sonstwer von den Größen des Universums, ihn wieder repariert bekommt, ist nahe dem Nullpunkt angelegt. Mehr als zwei Monate, das ist eine elend lange Zeit …«

»Es handelt sich auch um einen sehr großen Hyperraum«, bemerkte Lhoreda grinsend. »Das dauert seine Zeit.«

»Schön, daß du deinen Humor noch hast, aber mir ist die gute Laune vergangen. Etwas an Bord stimmt nicht; die Leute verhalten sich nicht so, wie sie sollten.«

»Du sprichst aus Erfahrung mit ähnlichen Katastrophen?« Lhoreda konnte es nicht lassen, ihn ein wenig zu necken. Er sah reizend aus, wenn er sich ärgerte und das nicht sehen lassen wollte. Er verzog das Gesicht dann wie ein magenkranker Mops und grummelte und brummte dazu, als wolle er ein Erdbeben vortäuschen.

»Unsinn!« stieß Ferdinho hervor. »Ich denke einfach darüber nach, wie ich mich verhalten würde, wenn ich für diese Katastrophe als Pax gebucht und auch bezahlt hätte. Bei mir ist es Teil des Berufs, besonnen auch in Krisensituationen zu handeln. Aber die Passagiere haben das nicht nötig. Und wenn ich mir vorstelle, ich säße nun seit etlichen Wochen auf diesem Kahn fest, dann kommt mir die Galle hoch. Ich werde reizbar bei der Vorstellung, auf engem Raum mit Leuten zusammengepfercht zu sein, die ich mir nicht ausgesucht habe, dazu bei schlechtem Essen und mit der einzigen Beschäftigung, entweder Kartoffeln zu schälen oder darauf zu warten, daß eine Rettungsexpedition mit dem Tempo einer hüftlahmen Nachtschnecke sich an uns heranarbeitet. Verstehst du – ich erwarte einfach mehr Unruhe, mehr Beschwerden und dergleichen.«

»Die Ruhe vor dem Sturm?«

Ferdinho wollte mit dem Finger auf Lhoreda deuten, besann sich aber eines besseren, weil er dabei nur Purzelbäume geschlagen hätte.

»Genau das«, sagte er. »Ich gehe täglich meine Runden und spreche mit den Leuten. Sie sind höflich, sie sind ruhig. Ein paar haben tatsächlich Wünsche und Beschwerden, aber selbst die halten sich sehr zurück. Aber wenn ich ihnen in die Augen schaue, dann sehe ich darin, daß sie unzufrieden sind, daß sie mich und meine Leute ablehnen. Sie reden bloß nicht darüber. Ist dir schon aufgefallen, wie ruhig es manchmal abends ist? Ich spaziere über die Korridore, und alles scheint friedlich im Bett zu liegen und zu schlafen.«

»Oder anderes zu tun«, warf Devlin Brox ein. »Langeweile macht geil.«

»Auch Geilheit kann langweilig werden«, konterte Ferdinho trocken. »Es geht auch so herum. Mädchen, was ist los mit dir?«

»Nenne mich nicht Mädchen, Bürschlein«, schnappte Lhoreda zurück. »Was soll mit mir los sein?«

»Du siehst aus wie der Mond.«

»So pockennarbig?«

»Nein, so blaß. Bist du krank? Du solltest unseren Arzt aufsuchen. Das letzte, was wir jetzt brauchen können, ist eine verdammte Epidemie.«

»Damit du beruhigt bist, ich werde die Medo-Sektion aufsuchen, obwohl mir nichts anderes fehlt, als daß ich unter Übelkeit leide. Und eine Epidemie wird es nicht geben, wenn, dann hätten wir sie schon vor Wochen gehabt.«

»Mach, was du willst, es ist nicht meine Sache. Ich möchte, daß du ebenfalls ein bißchen Obacht gibst. Dein Instinkt für menschliches Verhalten ist sehr gut, wie ich aus eigener Anschauung weiß. Wenn dir etwas auffällt, komme sofort zu mir. Es muß nichts Besonderes sein, auch Kleinigkeiten können zählen.«

»Apropos Kleinigkeit«, mischte sich Devlin Brox ein. »Irgendwelche Neuigkeiten von Daryl Parthenay?«

»Nichts«, antwortete Lhoreda fast ein bißchen enttäuscht. »Er scheint sich nicht zu rühren.«

»Das gefällt mir nicht«, murrte Ferdinho. »Es gefällt mir ganz und gar nicht. Entweder hast du dich gründlich in ihm getäuscht, und das nehme ich eigentlich nicht an, oder er betreibt eine ganz besonders üble Schurkerei.«

»Ich kann dazu nichts sagen«, versetzte Lhoreda unzufrieden. »Obwohl es mir lieber ist, wenn er sich ruhig verhält. Und ich verspreche, auf beiden Gebieten die Augen offen zu halten.«

»Tu das. Sonst noch etwas?«

»Im Augenblick nicht.« Lhoreda verabschiedete sich. Eine neue Übelkeitswelle lief durch ihren Körper. Als Frau des dreizehnten Jahrhunderts war sie gewohnt, sich von kleineren Wehwehchen nicht unterkriegen zu lassen; die ewige Wehleidigkeit der Männer fand sie entnervend. Aber in diesem Fall konnte ärztlicher Rat wohl nicht schaden.

Sie machte sich auf den Weg zur Medo-Sektion. Nach zwei Monaten hatte sie sich, wie fast alle an Bord, so sehr an das An- und Abschwellen der Beleuchtung gewöhnt, daß sie allein anhand der Lichtverhältnisse auf die Stunde genau die Tageszeit einschätzen konnte – was auch der Sinn dieses Lichtspiels gewesen war. Es ging auf die Mittagszeit zu; ein weiterer Beweis waren die zahlreichen Menschen, die an ihr vorbei zu den Speiseräumen gingen.

Unterwegs entdeckte Lhoreda ein bekanntes Gesicht, in tiefes Nachdenken versunken.

»Grübelst du über einer Klageschrift?« fragte sie mit erzwungener Heiterkeit den ihr nicht sonderlich sympathischen Anwalt. Der schrak zusammen.

»Nein, durchaus nicht«, gab er zurück. Er blieb stehen und blickte sie an. Sein Lächeln war eigentümlich verzerrt. »Im übrigen genügt es, eine Musterklage zu entwerfen, die man später in einer Vielzahl von Fällen zur Anwendung bringen kann.«

Lhoreda lächelte. »In wie vielen Fällen?« wollte sie wissen. »Hast du schon genug Klienten gesammelt?«

Das aufgesetzte Lächeln blieb. »Genau, um die Linie zu ruinieren«, antwortete er. »Das heißt …« Er zögerte. »Falls genug Klienten überleben sollten.«

»Wenn uns die Langeweile nicht umbringen wird, werden wir durchhalten«, versicherte Lhoreda. »Und wenn es mir zu öde wird, werde ich mich bei dir einschreiben. Ich hoffe, die Entschädigung wird sich lohnen.«

Das Gesicht des Anwalts zeigte hämische Zufriedenheit.

»Es wird ein kleines Vermögen sein, dafür garantiere ich. Was wirst du damit machen?«

Lhoreda hatte sich schon wieder in Bewegung gesetzt, langsam, ihrem Magen zuliebe.

»Was wohl?« fragte sie lachend. »Eine Kreuzfahrt auf der EMPRESS OF THE OUTER SPACE buchen. Leb wohl!«

Zur Medo-Sektion ging es an der Kreuzung nach rechts. Lhoreda hatte ein wenig zuviel Schwung und mußte sich festhalten, sonst wäre sie gegen eine Wand geprallt. Als sie zum Stillstand gekommen war, blickte sie zurück. Der Anwalt – den Namen konnte oder wollte sich Lhoreda offenbar nicht merken – stand noch auf dem Gang und blickte ihr hinterher.

Es war etwas in diesem Blick, das Lhoreda nicht gefiel. Lüsternheit war es nicht, das sah die Frau sofort. Und es war auch offenkundig, daß dieser Blick, der eine deutliche Spur von Aggressivität enthielt, nicht einen allgemeinen Gemütszustand ausdrückte, sondern irgendwie speziell auf sie gemünzt war.

Nun, sollte er sich grämen oder ärgern. Lhoreda hatte

ihn ein wenig geneckt; wenn er das nicht vertrug, seine Sache. Sie setzte ihren Weg fort.

Die Medo-Sektion war besetzt, aber nicht besucht. Lhoreda konnte sofort mit dem diensttuenden Arzt sprechen. Ein freundlicher Mann, in den Hundertdreißigern, der Lhoreda ebenso gründlich wie behutsam untersuchte. Allerdings konnte er es nicht unterlassen, das bedeutungsvolle »Hmmm, hmmm« von sich zu geben, das für seinen Berufsstand offenbar schon bei den alten Lemurern verbreitet gewesen war und von Lhoreda inbrünstig gehaßt wurde.

»Ich mache noch einen Test, zur Sicherheit«, verkündete er. »Nimm bitte so lange draußen Platz.«

Lhoreda kehrte gehorsam in das Vorzimmer zurück und wartete. Der Anwalt ging ihr nicht aus dem Kopf. Was hatte dieser Gesichtsausdruck zu bedeuten gehabt?

Es gab einen großen Spiegel in dem Warteraum. Lhoreda stand auf und baute sich davor auf.

Zu ihrem Beruf gehörte es, hinter dem, was ein Verdächtiger sagte, das zu erkennen, was er außerdem meinte und dachte, wenn man den Eindruck hatte, daß gelogen wurde. Und es gab ein erprobtes Verfahren dafür; es beruhte darauf, daß ein Mensch zwar meist keine Schwierigkeiten hatte, sprachlich zu lügen, wohl aber dabei, mit seinem Mienenspiel die Lüge ebenfalls auszudrücken. Wer eine Auge dafür hatte, konnte aus der Mimik und der Körperhaltung Schlüsse ziehen, die erstaunlich treffsicher waren.

Und wenn man es genau wissen wollte …

Lhoreda versuchte vor dem Spiegel, den Mann zu kopieren, mit dem sie gesprochen hatte. Wie hatte er gestanden, wie genau hatte dieses Lächeln ausgesehen? Wenn die Kopie gelungen war, brauchte man gleichsam nur im eigenen Körper nachzufühlen, welches Gefühl zu Haltung und Mimik paßte – und wußte dann ziemlich genau, was das Gegenüber wirklich gedacht und empfunden hatte.

Neurologen kannten eine Krankheit, die *Aphasie* genannt wurde. Die Opfer dieser Krankheit waren vielfach nicht mehr imstande, den Sinngehalt von Gesprochenem zu begreifen. Dennoch waren sie vielfach fähig, durchaus brauchbar mit ihrer Umwelt zu kommunizieren, weil sie im Verlauf der Krankheit die Fähigkeit kultiviert hatten, die Körpersprache des jeweiligen Gegenübers und die Variationen der Modulation der Stimme zu erfassen. Bei manchen Politikern waren diese Zeitgenossen äußerst unbeliebt, weil sie während des hohlen Phrasengedresches oft in hemmungsloses Kichern ausbrachen.

Lhoreda blickte in den Spiegel und versuchte den Ausdruck zu erfassen. Verachtung war zu spüren, Überlegenheitsgefühl, fast Triumph. Boshafte Vorfreude auf etwas …

Dir werd' ich's zeigen, du Schlampe! Ungefähr so. Nein, nicht ganz. Weniger persönlich gemeint, eher …

Lhoreda durchfuhr kalter Schauder, als sie die Variation erspürte: *Euch werden wir's zeigen …!*

Das traf es. Genau so hätte der gesprochene Text zu dieser Haltung und diesem Gesichtsausdruck geklungen.

Die Tür öffnete sich, der Arzt trat in den Raum. Er bewegte sich vorsichtig, mit der Schwerkraft hatte er noch seine Probleme.

»Hmmm«, machte er wieder. »Hmmm, wie soll ich es sagen?«

Lhoredas Miene verfinsterte sich ein wenig, aber das schien dem Arzt zu entgehen.

»Klar und geradeheraus, wenn ich bitten darf!« forderte sie.

Der Arzt legte den Kopf ein wenig schräg und setzte ein geradezu väterliches Lächeln auf.

»Laß es mich so ausdrücken: Wann hast du zum letzten Mal dein Antifertilat eingenommen?«

Lhoredas Unterkiefer klappte herunter. Sie spürte, wie sie rot anlief und es zugleich kalt wurde.

»Bitte? Du meinst doch nicht etwa …?«

»Du wärest nicht die erste«, sagte er lächelnd. »Die dritte in dieser Woche. Kein Zweifel, du bist schwanger!«

»Großer Gott!« entfuhr es Lhoreda spontan. Die Miene des Arztes verdunkelte sich schlagartig.

»Ich weiß, daß dies gewissermaßen eine Notlage ist«, sagte er eilig. »Trotzdem bin ich nicht bereit …«

Lhoreda hob abwehrend die Hand. »Keine Sorge, das habe ich nicht gemeint«, sagte sie; in ihren Augen stiegen Tränen auf, gleichzeitig spürte sie einen überwältigenden Impuls zu lachen. Daher also die Übelkeit am Morgen. Daß sie daran nicht gedacht hatte! »Es kommt nur ziemlich überraschend.«

Der Arzt lächelte wieder. »Wahrscheinlich nicht nur für dich allein …!« vermutete er.

Lieber Himmel – Thayer Brenstin … Wie brachte sie ihm diese Nachricht bei, ohne ihn allzu sehr zu schockieren. Männer waren in dieser Beziehung nicht sonderlich belastbar, sie neigten zu emotionalen Überreaktionen.

Auf der anderen Seite: Zu dieser Prozedur gehörten zwei, und von einem Mann konnte erwartet werden, daß er Verantwortung für sich selbst übernahm. Offenbar hatte er in dieser Angelegenheit ebenso geschlampt wie Lhoreda, es gab also keinen Grund, ihn über Gebühr zu schonen.

Lhoreda setzte ein tapferes Lächeln auf. »Ich werde meinen Partner schonend informieren«, versprach sie. »Wahrscheinlich wird er sich sogar freuen.«

»Das hoffe ich«, versetzte der Mediziner. »Laß dich regelmäßig bei mir blicken, ja? Unsere Notlage sollte kein Grund sein, die üblichen Vorsorgeuntersuchungen ausfallen zu lassen.«

Lhoreda mußte leise lachen. Irgendwie war es absurd: Die EMPRESS OF THE OUTER SPACE trieb irgendwo durch das Nichts, gegenwärtig ohne wirkliche Aussicht auf Hilfe und Rettung, aber die Menschen an Bord versuchten tapfer, die Routine des Alltagslebens aufrechtzuerhalten. Genau so, als befänden sie sich zu Hause, in der wohligen und komfortablen Sicherheit Terras.

»Wenn unsere Lage anhält, werde ich bestimmt kommen«, gelobte Lhoreda. »Und wenn wir endlich gerettet werden … Praktizierst du auf Terra?«

»Titan«, antwortete der Arzt. »Ein bißchen weit für eine Routineuntersuchung. Aber es gibt genügend gute Kollegen auf der Erde. Lebt wohl!«

Lhoreda verließ die Medo-Station, noch immer ein bißchen verwirrt. Die Lage war entschieden komplizierter, als es den Anschein hatte.

Schwangerschaft hin oder her – Lhoreda war sicher, daß sie nach einer Rettung nicht mit Thayer Brenstin zusammenleben wollte. Ihm würde das wahrscheinlich gar nicht gefallen, aber damit mußte er sich wohl oder übel abfinden. Wenn die Rettung früh genug kam, hatte Lhoreda alle Möglichkeiten, Thayer ihre Schwangerschaft einfach zu verschweigen. Es war ihr Kind, und es wuchs in ihrem Körper heran – aber es war zweifelsfrei auch Thayers Kind, er trug Verantwortung dafür und besaß Rechte.

Die Zeiten, in denen Juristen und andere wenig Beteiligte sich angemaßt hatten, mit einem Paragraphen und einem Dutzend verklausulierter Sätze Millionen von unterschiedlichen Fällen verbindlich für alle Zeiten und sämtliche Beteiligten zu entscheiden, waren glücklicherweise seit langem vorbei. Die Konsequenz war aber, daß damit die Eltern ihre Gewissensprobleme in eigener Verwaltung lösen mußten, aus denen sie niemand entlassen konnte.

Lhoreda kehrte nachdenklich in ihre Kabine zurück. Sie versuchte, in ihren Körper hineinzuspüren, aber außer einer nachlassenden Übelkeit war nichts besonderes zu entdecken. Als sie ihre Kammer betrat, hatte sie einen Entschluß gefaßt, von dem sie wußte, daß er wahrscheinlich falsch war: Sie würde die Neuigkeit erst einmal verschweigen. Es war weder fair noch aufrichtig, aber Lhoreda fand einstweilen keine andere Lösung.

Die Kabine war leer. Thayer hatte irgendwo Dienst, und die Jarmals waren wieder einmal unterwegs; der Himmel mochte wissen, wo sie ihre Zeit verbrachten. Lhoreda jedenfalls war froh, einstweilen nicht gestört zu werden. Sie brauchte Zeit, um sich über alle Konsequenzen ihrer Schwangerschaft klar zu werden und zu einer endgültigen Entscheidung zu gelangen.

Sie streckte sich auf dem Bett aus und starrte zur Decke hoch.

Wie lange konnte dieser Schiffbruch noch anhalten? Nichts war passiert in den letzten Wochen, rein gar nichts. Der Hyperraum funktionierte nicht, warum auch immer. Wenn sich daran nichts änderte, würde sich Lhoredas Problem auf grausige Weise von selbst lösen.

Nahrung – das war das Schlüsselwort. Der aktivierte Reaktor lieferte genügend Energie, um die EMPRESS

OF THE OUTER SPACE im Inneren warm zu halten, er sorgte für Beleuchtung. Er trieb die Anlagen an, mit denen das Wasser aufbereitet wurde. Dieses Wasser schmeckte ein bißchen muffig, aber das ließ sich ertragen. Auf ähnliche Art und Weise wurde die Atemluft aufbereitet und umgewälzt.

Nur mit der Nahrung ließ sich das so einfach nicht bewerkstelligen.

Grundsätzlich war der Vorgang einfach: Energie wurde auf überaus komplexe Art und Weise in feste Materie verwandelt, die von Menschen verzehrt werden konnte und die Energie lieferte, die der Mensch zum Überleben brauchte. Übrig blieb abermals Materie in Form von Ausscheidungen sowie die Wärmeenergie des Körpers, die abgestrahlt wurde.

Die verbreitetste Form von ›Maschinerie‹, die diesen Vorgang in Gang hielt und nahezu perfekt funktionierte, war ein Planet samt Sonne. Die Sonne lieferte die Energie, die zahllosen Pflanzen, Kleinstlebewesen und Tiere nahmen diese Energie auf und verwandelten sie in nutzbare Materie.

Mit den Mitteln moderner Technik ließ sich diese Maschinerie gewissermaßen so verkleinern, daß sie mühelos in die EMPRESS OF THE OUTER SPACE hineingepaßt hätte. Sogar die SERUNS besaßen eine solche Anlage, die allerdings nur für vergleichsweise kurze Zeit funktionieren konnte. Aber um in dieser extremen Verkleinerung arbeiten zu können, war noch etwas nötig: Intelligenz, die zusätzlich in das System hineingesteckt werden mußte, Intelligenz in ihrer entwickeltsten und konzentriertesten Form – und das hieß: Syntrons, Syntrons und abermals Syntrons.

Praktisch seit dem zweiten Tag nach der Havarie waren die Techniker an Bord damit beschäftigt, eine entsprechende Anlage zu konstruieren. Das Material war durchaus vorhanden. Man brauchte lediglich von einem Stück Fleisch in den Kühlkammern ein paar Zellen abzuwacken, sie zu reaktivieren und in einem geeigneten Nährbad wachsen und wuchern zu lassen. Das Ergebnis sah vielleicht nicht sonderlich appetitlich aus, war aber durchaus genießbar und erfüllte seinen Zweck. Aber dazu war peinlichste Sauberkeit vonnöten, ebenso unausgesetzte Überwachung, Kontrolle und Steuerung der unendlich komplizierten biochemischen Prozesse. In der Nährlösung konnten nicht nur Steakzellen wuchern; auch jedes Bakterium, das sich in dieses Bad verirrte, wuchs ebenfalls mit rasender Geschwindigkeit, und es gab jede Menge vergleichbarer Probleme. Sie alle ließen sich mit Bordmitteln einfach nicht lösen, sie waren zu primitiv.

Man hatte mit Hefen experimentiert, und herausgekommen war ein braungrüner Brei, der wie nasse Pappe schmeckte und einem den Magen verknotete; Lhoreda hatte davon gekostet, und ihr wurde übel, wenn sie nur daran dachte.

Auch wenn es unbequem und in seinen Konsequenzen grauenvoll war: Das Problem Nahrungsversorgung ließ sich mit Bordmitteln nicht lösen. Waren die Lager erst einmal leer, kehrte der Hunger in die - EMPRESS OF THE OUTER SPACE ein, der nur durch Hilfe von außen wieder vertrieben werden konnte. Nach letzten Schätzungen würden die Vorräte, bei äußerst sorgsamer Verwendung, für sieben Monate reichen. Danach ... Nein, schon vorher, war das Schicksal der meisten Schiffbrüchigen besiegelt, der Lebenden wie der Ungeborenen.

Als Thayer Brenstin eintraf, hing Lhoreda noch immer solchen Gedanken nach. Auch Thayers leicht verkrampftem Humor gelang es nicht, Lhoredas Stimmungslage zu ändern. Er blieb zwei Stunden lang, dann legte er sich schlafen, während Lhoreda weiter grübelte und Sorgen ausbrütete.

Erst in den frühen Abendstunden wurde sie etwas gelassener, aber da mußte Thayer schon wieder aufbrechen. Die Jarmals hatten sich nicht eingestellt, und Lhoreda war es recht so.

Wenn sie nicht schlichtweg verrückt werden wollte, mußte sie sich einfach beschäftigen, und nach kurzem Zögern machte sie sich auf den Weg.

9.

In einem Riesengebilde wie der EMPRESS OF THE OUTER SPACE gab es immer etwas zu putzen und zu ordnen. Dieser Reinigungsdienst war nicht sonderlich beliebt; man war froh, daß er gemacht wurde, aber niemand riß sich um die Aufgabe. Lhoreda hatte sich umgezogen und ihre Frisur geändert, außerdem hatte sie mit dem Inhalt ihres Kosmetikkoffers ihr Äußeres so verändert, daß sie nicht auf den ersten Blick zu erkennen war.

Niemand beachtete sie daher, als sie sich auf dem Flur zu schaffen machte und unsichtbare Flecken wegwischte. Die Menschen schritten achtlos an ihr vorbei, vermieden es sogar, sie anzusehen. Nach einer halben Stunde begann Lhoreda allmählich die Lust an diesem Abenteuer zu verlieren; wenige Minuten, nachdem sie sich entschlossen hatte, nur noch eine Viertelstunde durchzuhalten, passierte aber das, worauf sie gewartet hatte.

Die Kabinentür ging auf, und ein Mann trat auf den Gang. Er sah sich kurz um, blickte auf Lhoredas gebeugten Rücken und eilte dann davon. Lhoreda hielt Abstand und folgte ihm. Der Anwalt war glatzköpfig und daher auch aus der Entfernung leicht auszumachen.

Lhoreda hatte richtig vermutet. Der Mann hatte nicht etwa vor, sich einer der zahlreichen Gruppen anzuschließen, ins Bordkino zu gehen oder andere Gesellschaft von Schiffbrüchigen zu suchen. Das Ziel seines Marsches lag eindeutig außerhalb des Bereichs der mittleren Kugel der EMPRESS OF THE OUTER SPACE.

Beinahe augenblicklich wurde Lhoreda bewußt, daß diese Sektionen in gewisser Weise das Territorium von Daryl Parthenay waren. Natürlich konnte sie sich irren, aber ihr Instinkt hatte sich in der Vergangenheit meist als außerordentlich zuverlässig erwiesen.

Andererseits, überlegte sie, während sie möglichst unauffällig hinter dem Mann herschlich, war es kaum vorstellbar, daß eine so unscheinbare Gestalt wie Parthenay es geschafft haben sollte, eine regelrechte Gruppe um sich zu versammeln. Denn um eine Gruppe mußte es gehen. Einmal darauf aufmerksam geworden, entdeckte Lhoreda eine ganze Reihe anderer Schiffbrüchiger, die in die gleiche Richtung strebten.

Sehr geübt in konspirativem Verhalten waren diese Menschen nicht; wenn man sie erst einmal erkannt hatte, verhielten sie sich sogar ziemlich auffällig, blieben immer wieder kurz stehen, spähten verstohlen um sich und huschten dann weiter.

Der Treffpunkt lag offenbar in der Steuerbordsektion. Lhoreda ahnte, daß die Versammlung in den unteren Bereichen des Kegels stattfinden würde, wo die Rotationsschwerkraft gewissermaßen der Einrichtung der Räume angepaßt war.

Lhoreda zögerte. Was sollte sie nun tun?

Ihr erster Gedanke war naheliegend. Sie wollte dem Anwalt in sicherem Abstand folgen. Die Terranerin konnte ziemlich sicher sein, daß er sie nicht als Lhoreda Machecoul, derzeitige Sicherheitsbeauftragte der EMPRESS OF THE OUTER SPACE, erkennen würde.

Auf der anderen Seite mußte sich Lhoreda fragen, wie groß diese Gruppe wohl sein mochte. Handelte es sich nur um zwanzig oder dreißig Personen, kannten sich die Teilnehmer wahrscheinlich untereinander, und dann mußte Lhoreda unweigerlich auffallen, wenn sie sich einzuschmuggeln versuchte. Sie war nicht so vermessen zu glauben, daß sie rein zufällig gleich das erste Treffen dieser Menschen erwischt hatte. Ganz bestimmt hatten sie schon einige Male Versammlungen abgehalten. Je kleiner die Gruppe war und je öfter sie sich getroffen hatten, um so größer war für Lhoreda die Gefahr, erkannt zu werden.

Sie wartete einige Minuten, nachdem der letzte Teilnehmer in die Steuerbordsektion gewechselt war, dann eilte sie zu dem Schott, öffnete es und schlüpfte hindurch.

Wie sie erwartet hatte, war es dort dunkel; die einzige Beleuchtung stammte von kleinen Sicherheitslampen, die keinen Strom brauchten, sondern auf Fluoreszenzbasis arbeiteten. Sie gaben ein sehr schwaches, grünlich dämmerndes Licht, das bestens zu einer Verschwörung zu passen schien.

In dieser Beleuchtung huschte Lhoreda weiter. Nach einigen Metern blieb sie stehen und lauschte. Schrittgeräusche, ziemlich schwach, etwas entfernt. Aber Lhoreda konnte die Richtung erkennen und sah zu, daß sie sich beeilte. Wenig später wurden die Geräusche lauter, dann waren auch Stimmen zu hören.

Immer wieder verharrte die Kriminalistin, lauschte, überprüfte, ob ihr jemand gefolgt war. Diese Vorsichtsmaßnahme erwies sich als angebracht. Hinter Lhoreda wurde es lauter. Ein Mann huschte an Lhoreda vorbei, die sich rasch versteckt hatte, und hastete weiter. Lhoreda folgte, so schnell sie konnte, mit etwa einem Dutzend Metern Abstand.

Der Weg führte in der Tat in die unteren Decks, wo die Schwerkraftverhältnisse halbwegs normal waren. Lhoreda, die sich den Bauplan der EMPRESS OF THE OUTER SPACE recht gut eingeprägt hatte, wußte bald, wo sich die Menschen treffen würden – im Kino auf der Steuerbordseite, einer von drei Einrichtungen dieser Art, die es an Bord gab. Genau der richtige Platz für eine größere Versammlung.

Eine Ahnung, wie groß diese Verschwörung war, bekam Lhoreda, als sie sich dem Saal näherte. Ein Gewirr vieler Stimmen war zu hören, aufgeregtes Getuschel, Füßescharren. Lhoreda hielt an, lauschte.

Vorsichtig bog sie um die letzte Ecke. Die breiten Türen des Saales standen offen. Es gab Licht darin, und Lhoreda konnte sehen, daß die Reihen erschreckend gut gefüllt waren. Hunderte von Schiffbrüchigen hatten sich versammelt. Warteten sie wirklich auf Daryl Parthenay, den fleischgewordenen statistischen Durchschnitt?

Was fand hier statt? Lhoredas Mißtrauen hatte ihr spontan eine Art Verschwörung suggeriert, ein naheliegender, aber nicht notwendigerweise richtiger Gedanke. Die Heimlichtuerei der Besucher jedenfalls sprach eindeutig für diese Vermutung.

Aber waren auch andere Zwecke eines solchen Treffens vorstellbar? Eine Massenorgie? Unwahrscheinlich. Wenn den Leuten der Sinn danach gestanden hätte, hätten sie sich anderswo unter bequemeren Umständen treffen können. Religiöse Gründe, geheimes Glückspiel – denkbar, aber ebenfalls sehr unwahrscheinlich.

Rauschgift? Auch diese Möglichkeit verwarf Lhoreda nach kurzer Überlegung. Vorstellbar war, daß jemand sogar größere Mengen einer verbotenen Droge an Bord geschmuggelt hatte vor dem Abflug, als Vorrat für gewisse Leute, die sich wenig um ihre Gesundheit und die Gesetze scherten. Aber wenn, dann war diese Droge garantiert ebenfalls knapp; eine Massenversammlung von Hunderten von Konsumenten paßte nicht ins Bild.

Lhoreda Machecoul holte tief Luft. Es gab nur eine Möglichkeit, herauszubekommen, was hier gespielt wurde: Sie mußte teilnehmen, selbst auf die Gefahr hin, erkannt zu werden und in größte Schwierigkeiten zu geraten. Entschlossen marschierte sie los.

Niemand hielt sie auf, niemand kontrollierte sie am Eingang. Sie betrat den Saal, zögerte, sah sich um und strebte dann einem Sitzplatz in den hinteren Reihen zu.

Irgendwie hatten es die Veranstalter fertig gebracht, die Beleuchtung des Saals mit Strom zu versorgen. Die Leuchtkörper brannten, waren aber zu einem mystisch angehauchten Halbdunkel heruntergedimmt. Der Saal war annähernd kreisförmig, die Sitzreihen bildeten eine Arena, und in der Mitte wurde normalerweise der jeweilige Film vorgeführt – farbechte, gestochen scharfe dreidimensionale Holografien, die vom wirklichen Leben kaum zu unterscheiden waren, wenn man von der Handlung einmal absah, die meist mit der Wirklichkeit des dreizehnten Jahrhunderts herzlich wenig zu tun hatte.

Das Murmeln im Saal verriet, wie gespannt die Zuschauer waren. Lhoreda musterte verstohlen die Gesichter. Erregung und Vorfreude war darin zu erkennen. Aber worauf wartete die Menge? Lhoreda versuchte die Köpfe zu zählen, aber bevor sie damit fertig war, wurde der Saal noch mehr abgedunkelt.

Stille trat ein.

Ein Strahler flammte auf, gerichtet auf einen Nebeneingang zum Saal. Dort stand, in gleißendes Licht gebadet, ein Mann.

Lhoreda hatte keinen Zweifel: Dies war Daryl Parthenay.

Selbstverständlich konnte Lhoreda nicht sicher sein, alle Passagiere und Besatzungsmitglieder der EMPRESS OF THE OUTER SPACE zu kennen. Aber wenn dieser Mann einer der Schiffbrüchigen sein sollte, dann hätte er auffallen müssen, in jedem Fall.

Er war beeindruckend groß, ein schlanker, ausgeprägt muskulöser Körper mit breiten Schultern und schmalen Hüften. Der Mann trug eine Hose, sein Oberkörper war nackt, seine eindrucksvolle Muskulatur war deutlich zu sehen, durchtrainiert und angespannt bis in die letzte Faser. Die Haut wirkte sonnengebräunt und stand damit in deutlichem Kontrast zur Hautfarbe der Besucher; die Lichtverhältnisse der letzten Monate hatten dazu geführt, daß sich eine eventuell vorhandene Bräune bei den Schiffbrüchigen verflüchtigt hatte.

Dann der Kopf. Ein Gesicht wie gemeißelt, ausdrucksstarke Züge, markant, eindrucksvoll. Ein Caesarenkopf, dachte Lhoreda. Die Miene war die eines Herrschers, der unter seine Untertanen trat, jeder Zoll durchdrungen vom Gefühl der eigenen Kraft und Größe.

Beifall rauschte auf.

Langsam hob der Mann beide Arme und gebot Schweigen, das augenblicklich eintrat. Dieser Mann hatte die Menge im Griff, sie tat, was er wollte.

Daryl Parthenay in der Rolle seines Lebens …

Es gab zwei Möglichkeiten: Entweder hatte Parthenay auch diese Identität abgekupfert, dann war das Original dieser Person längst tot, wahrscheinlich schon geraume Zeit vor dem Abflug. Da Morde auf Terra selten vorkamen, war Lhoreda ziemlich sicher, daß sie von einem solchen Todesfall gehört haben mußte.

Blieb also nur die Alternative: Parthenay hatte seine infernalischen Künste weiter entwickelt. Er konnte nicht nur perfekt kopieren, er war allem Anschein nach inzwischen auch imstande, einen solchen Körper selbständig zu entwickeln und bis ins Detail auszuformen. In diesem Fall konnte man ihm Geschmack und Stilsicherheit nicht absprechen, seine Erscheinung war ungemein beeindruckend.

»Willkommen, Freunde und Gefährten!«

Eine tiefe, klangvolle Stimme in einem suggestiven Tonfall. Nach den ersten Worten klang wieder Beifall auf, den Parthenay hinnahm, ohne Miene oder Haltung zu verändern.

Was hat er damit vor?

Daryl Parthenay wartete sehr lange, ehe er fortfuhr. Er kannte den kleinen rhetorischen Trick, den Beginn seiner Ansprache immer wieder hinauszuzögern, bis die Spannung der Besucher kaum noch zu steigern war. Die Menschen hingen an seinen Lippen; einige Mienen, die Lhoreda sehen konnte, waren geradezu verklärt zu nennen.

»Ich habe es euch gesagt, und ihr wißt es: Ihr seid die Auslese der Besten, die Elite in diesem Schiff. Wenn es jemand verdient hat, dem Tod zu entgehen und weiterzuleben, dann seid ihr es …«

Er wußte die Menge in seinen Bann zu schlagen, er war geradezu erschreckend wirkungsvoll. Jubel brandete auf. Nur Lhoreda Machecoul schauderte. Was immer Parthenay im Schild führte, es konnte nichts Gutes sein.

»Und ihr alle wißt, was passiert ist: Die Technik dieses Schiffes hat versagt, wir sind gestrandet, auf uns selbst gestellt. Die Tünche unseres fortschrittlichen Zeitalters ist brüchig geworden, die Werte, die unser Leben geprägt haben, gelten nicht mehr – schon gar nicht für euch, die Auslese.«

Was hat er vor? Wohin will er diese Menschen bringen? Und er wird sie dorthin bringen, wo er sie will.

»Jetzt gelten die alten Gesetze nicht mehr, die Gesetze des Wohlstandes, der Üppigkeit, der entwickelten Zivilisation. Es gelten vielmehr, ihr wißt es genau, die ewigen Gesetze, die immer gegolten haben und immer gelten werden. Die strengen, unerbittlichen, grausamen, aber unerhört wirksamen Gesetze der Natur. Aus diesem Grund nenne ich euch Auslese, denn das seid ihr, jeder von euch. Und ihr wißt, nach welchem Gesetz die Natur ihre Auslese trifft – *nur der Stärkste überlebt*.

Lhoreda schloß die Augen.

Jetzt kramt er diesen entsetzlichen Schwachsinn hervor, den man Sozialdarwinismus nennt! Und die Leute glauben ihm diesen Unfug!

»Ich sage es klar und deutlich, unmißverständlich. Der Kampf ums Dasein ist entbrannt, und wir, meine Freunde, ihr und ich, wir werden aus diesem Kampf ums Dasein als Sieger hervorgehen. Wir werden diese Katastrophe überleben. Wir werden überleben, weil wir die besten sind. Weil wir es *wert* sind, zu überleben. Die Evolution will es so.«

Lhoreda war beschlagen genug, um zu wissen, daß Parthenay nur das erzählte, was in sein Konzept paßte. Alles andere unterschlug er.

Es gab drei Schlüsselbegriffe in der Theorie der natürlichen Evolution, die Charles Darwin vor Jahrtausenden zum ersten Mal formuliert hatte: *survival of the fittest*, das Überleben des Tüchtigsten, des am besten Angepaßten, *struggle for life*, der Kampf ums Dasein. Diese Begriffe hatte Parthenay gebraucht. Das dritte Element hatte er wohlweislich unterschlagen: das eigentliche Verfahren der Evolution, geschlechtliche Zuchtwahl genannt.

Nichts von dem, was wirklich gemeint war, hatte etwas mit der Lage der Menschen in der EMPRESS OF THE OUTER SPACE zu tun.

Wenn in einer schwer zu bewältigenden Umwelt, in den schneebedeckten Gebieten der Erde beispielsweise, zwei leicht unterschiedliche Geschöpfe lebten, dann hatte das weniger gut an diese Verhältnisse angepaßte Geschöpf, vielleicht wegen seines dunkleren Fells, eine erheblich schlechtere Chance zu überleben, einen Sexualpartner zu finden und so für den Fortbestand seiner Art zu sorgen – wenn doch, mußten sich seine Nachkommen mit dem gleichen Handicap herumschlagen, und früher oder später gab es dann nur noch die im Schnee kaum erkennbare Art. Das hieß aber keineswegs, daß sich braune und weiße Hasen gegenseitig totgeschlagen hätten; sie brauchten sich für diesen Kampf ums Dasein nicht einmal zu begegnen.

Genau das aber, der Stärkere erwürgt den Schwächeren, hatte Daryl Parthenay im Sinn. Den meisten Besuchern waren offenbar nur die Schlagworte seiner Ansprache halbwegs vertraut, den wirklichen Sinn erkannten sie nicht.

Es klang absurd, aber die Quelle dieses verhängnisvollen Mißverständnisses hatte vielleicht an Charles Darwins Sprachgefühl gelegen. Er hatte wohl lieber einen altvertrauten Begriff der englischen Sprache gebraucht: *struggle,* gleich Kampf, Zwist, Streit, um das latinisierende Fremdwort *competition,* gleich Wettbewerb, zu vermeiden. Wie auch immer, die Fehlinterpretation seiner Thesen hatte in der Geschichte der Menschheit zu grauenvollen Konsequenzen geführt, und nun schien Daryl Parthenay der Liste dieser Scheußlichkeiten eine weitere Schandtat hinzufügen zu wollen.

»Ihr wißt sehr genau, worum es bei diesem Kampf geht. Unsere Nahrungsvorräte sind begrenzt, sie gehen unaufhaltsam zur Neige, weil wir, die Auslese, eine Unmenge überflüssiger, nutzloser Fresser durchfüttern müssen. Der Kommandant will es so, und die parasitäre Clique um ihn herum will das auch. Denn wenn erst einmal wieder die Gesetze der Natur gelten, dann haben diese Schwächlinge keine Chancen mehr. Wollen wir uns das bieten lassen? Sollen wir uns opfern für irgendwelches minderwertiges Gesindel?«

Als das »Nein!« durch den Saal braust, wurde Lhoreda beinahe übel. Sie hätte es nicht für möglich gehalten, daß moderne, vernünftige Menschen zu solch einer Reaktion fähig waren. Erklärbar wurde diese Barbarei wohl nur dadurch, daß den Menschen die Angst im Nacken saß.

Daryl Parthenay hetzte die Menge noch weiter auf. Wahrscheinlich genoß er es sogar, sie in diesen Zustand zu treiben, es gab ihm wohl ein Gefühl von Macht und Kraft.

»Niemand weiß, wie lange wir noch warten müssen, bis wir gerettet werden. Natürlich könnten wir fair und gesittet sein und alles miteinander teilen, bis nichts mehr da ist. Und dann werden wir in friedlicher Eintracht miteinander verhungern. Wenn dann die Retter kommen, vielleicht nur einen Monat danach, werden sie nur noch unsere Leichen finden. Wollt ihr dieses Risiko eingehen, wenn es so leicht abzuwenden ist?«

Abermals schallte ein gebrülltes »Nein!« durch den Raum, die Menge tobte und raste, und Lhoreda mußte ihre ganze seelische Kraft aufbieten, um nicht von Entsetzen gepackt aus dem Saal zu stürzen.

»Sag uns, was wir tun sollen?« gellte eine sich überschlagende Männerstimme durch die Halle.

»Was wohl? Kämpfen, ums Dasein kämpfen, um euer Leben kämpfen, kämpfen gegen alle und jeden, die euch euer Recht auf Leben mit fadenscheinigen Begründungen beschneiden wollen. Die Zeit für Zimperlichkeiten ist endgültig vorbei, jetzt muß gehandelt werden. Und, Freunde ...«

Parthenay richtete sich hoch auf, verschränkte die Arme vor der Brust und blickte mit steinernem Lächeln in die Runde.

»... wir werden handeln. Hier und heute schließen wir unseren Kampfbund für unser Überleben. Niemals, so wollen wir schwören, werden wir uns vom Kommandanten und seiner Meute befehlen lassen. Niemals, so schwören wir, werden wir Gnade geben, denn die Natur kennt keine Gnade. Die Alternative ist klar: die oder wir, Tod oder Leben. Nahrung oder Hungertod.«

Die Menschen sprangen auf, jubelten, stießen kehlige Laute aus. Lhoreda hatte niemals etwas Ähnliches erlebt. Was war in diese Menschen gefahren, was hatte sie derartig verändert?

»Und zum Zeichen unseres Bundes, der uns unverbrüchlich eint und zusammenschweißt auf Leben und Tod, werden wir für uns, für die Auslese der Besten, feierlich Nahrung und Getränk teilen. Tretet näher, empfangt dann aus meiner Hand euer Leben für die Zukunft ...«

Helfer eilten zu Parthenay, die Menge drängte nach vorn. Lhoreda wandte sich ab. Das allgemeine Durcheinander kam ihr zustatten. Sie schob sich zum Ausgang, der im Dunkeln lag. Bevor sie den Rückzug antrat, blickte sie noch einmal zur Mitte. Dort drängten sich die Menschen um Parthenay, der ihnen Brot und Wein gab, in der widerlichen Verhöhnung eines Gottesdienstes …

Lhoreda nickte.

Ja, das war Daryl Parthenay, am Ziel seines Lebens. Er hatte es wahrhaftig geschafft – er hatte sich selbst zu einem Gott erhoben und sogar eifrige, fast besessene Gläubige gefunden.

10.

»Das willst du uns doch nicht ernsthaft erzählen, Lhoreda«, begehrte Gharun Ferdinho auf. »Diese abenteuerliche Geschichte über Parthenay und seine neue Religion?«

»Was ist daran so unwahrscheinlich?« gab Lhoreda zurück. »Du hast selbst davon gesprochen, daß dir die Stimmung nicht gefällt, daß du auf eine Art von Meuterei wartest. Nun, diese Meuterei ist in vollem Gange, der Aufstand gegen die Schiffsleitung ist vorbereitet. Und daß Parthenay etwas geplant hat, haben wir ebenfalls besprochen.«

»Aber doch nicht so etwas«, widersetzte sich der Kommandant unwillig; er schüttelte den Kopf.

»Glaubst du mir nicht?«

»Gegenfrage: Hast du irgendeinen Beweis?«

»Hätte ich diesen Wahnsinn mit einer Kamera aufnehmen sollen, um dich überzeugen zu können? Das war nicht möglich. Du wirst mir schon glauben müssen.«

Auch Devlin Brox schüttelte den Kopf. »Wahnsinn«, murmelte er. »Es ist der helle Wahnsinn.«

»Das Ausmaß dieser Verschwörung ist in der Tat entsetzlich«, stimmte Lhoreda zu. »Ich weiß nicht, wann sie zuschlagen werden, aber sie werden es tun, ganz bestimmt. Parthenay stachelt sie systematisch und mit ungeheurem Erfolg dazu an, immer wieder.«

»Was, glaubst du, haben diese Leute vor?«

Lhoreda preßte die Lippen aufeinander.

»Wahrscheinlich«, vermutete sie, »werden sie ziemlich bald angreifen und versuchen, die Kontrolle über die Vorräte an Bord zu gewinnen. Die Lagerräume sind weitgehend vom restlichen Schiff abgetrennt; mein Vorschlag zur Kühlung, du erinnerst dich. Der Zugang ist begrenzt, und wenn sie ihn erst einmal erobert haben, wird es einen ziemlich harten Kampf geben. Der Zugang kann von einer Handvoll Bewaffneter ohne Probleme selbst gegen eine Übermacht gehalten werden.«

Ferdinho nickte.

»Deine Analyse ist richtig«, sagte er nachdenklich; ein schwaches Lächeln blitzte in seinem Bart auf. »Auf der anderen Seite hast du aber auch die Lösung des Problems geliefert: Wenn *wir* diesen Zugang mit Wachen sichern, dann kann Parthenay mit seiner Meute kommen – sie werden sich blutige Köpfe holen.«

Lhoredas Lächeln war grimmig.

»Und wie willst du deine Leute und seine Leute voneinander unterscheiden? Woher weißt du, daß nicht ausgerechnet deine Wachen zu Parthenays Meuterern gehören?«

Die beiden Männer ergingen sich in Flüchen; Lhoreda hatte das Problem sehr exakt beschrieben.

»Hast du wenigstens jemanden erkennen können?« wollte Devlin Brox wissen.

Lhoreda schüttelte den Kopf.

»Es war zu dunkel«, gestand sie. »Anfangs hätte ich vielleicht eine Chance gehabt, das eine oder andere Gesicht zu erkennen, aber es wurde rasch dunkel im Saal. Und, offen gesagt, die Leute waren während Parthenays Ansprache in einem geistigen Zustand, der ihre Gesichter völlig verändert hat. Sie waren wie entfesselt. Eines habe ich aber sehr genau sehen können – es waren viele Angehörige der Crew dabei, nicht nur Passagiere.«

»Himmel, haben wir nicht genug Probleme?« seufzte Gharun Ferdinho müde. »Jetzt auch noch das.«

Lhoreda lächelte schwach. »Ich bin mir aber sicher, daß du nicht dort gewesen bist«, sagte sie. »Und wahrscheinlich auch nicht Devlin oder Thayer. Aber das ist alles.«

Devlin Brox knirschte mit den Zähnen.

»Wir müssen etwas unternehmen«, sagte er zornig. »Schließlich können wir der Entwicklung nicht einfach ihren Lauf lassen. Diese Wahnsinnigen wollen uns allen Ernstes dem Hungertod preisgeben – oder etwa nicht, Lhoreda?«

»Völlig präzise hat sich Parthenay nicht ausgedrückt«, räumte Lhoreda ein. »Aber ich nehme an, daß es genau darauf hinauslaufen wird ...«

Vor ihrem inneren Auge zeichneten sich scheußliche Szenen ab: Menschen, die wie ausgehungerte Wölfe übereinander herfielen, um sich die letzten Nahrungsmittel gegenseitig wegzunehmen, Kämpfe, Blutvergießen, jede Menge Tote und Verwundete.

»Warum tut er das, warum nur? Was hat er davon, diesen Wahnsinn anzuzetteln? Immerhin geht er dabei auch ein gewisses Risiko ein.«

»Welches?« fragte Lhoreda zurück. »Nimm an, sein

Angriff gelingt. Dann wird er zu den drei-, vierhundert Personen gehören, deren Verpflegung für ein Jahr und mehr gesichert ist. Und wenn es zum Kampf kommt: Selbst wenn seine Leute diesen Kampf verlieren – jeder Tote bei diesem Gemetzel, gleichgültig auf welcher Seite, bedeutet einen Esser weniger und steigert damit seine Überlebenschancen. Und fassen können wir ihn ja nicht, solange er nach Belieben seine Identität wechseln kann. Er hat seinerzeit die Syntronik täuschen können. Wieviel leichter wird es für ihn sein, uns zu täuschen?«

»Und er wird ganz bestimmt nicht so dumm sein, persönlich in vorderster Front zu stehen, wo man ihn erwischen könnte.«

Lhoreda senkte den Blick. »Ich habe einen Fehler gemacht«, murmelte sie bitter. »Ich hätte eine Waffe mitnehmen und ihn einfach erschießen sollen. Das hätte dem Spuk ein Ende bereitet.«

»Dazu wärst du imstande gewesen?«

Lhoreda nickte mühsam. »Ich glaube schon«, sagte sie sehr leise. »Es ist absolut gegen alle meine Prinzipien, aber in diesem Fall ...«

Gharun Ferdinho seufzte tief.

»Vielleicht hättest du die Gelegenheit nutzen und ihn vor seinen Leuten enttarnen sollen«, bemerkte Devlin Brox. »Einfach aufstehen und den Leuten sagen, wer dieser Halbgott in Wirklichkeit ist. Die Leute hätten sich wahrscheinlich erinnert, wer Daryl Parthenay ist.«

»Devlin«, sagte Lhoreda leise. »Diese Menschen haben im Nacken Todesangst, und Parthenay hat ihnen einen Ausweg gezeigt, wie sie vielleicht überleben können. Selbst, wenn man mir geglaubt hätte, hätte das an diesem schauerlichen Ritual nichts geändert. Sie würden in ihrer Not mit dem Teufel selbst paktieren, wenn er sie nur am Leben ließe. Außerdem ...«

»Ja?«

»Sie hätten mich wahrscheinlich in Stücke gerissen«, sagte Lhoreda seufzend. »Ich weiß es nicht. Ich habe in dieser Lage einfach nicht an diese Möglichkeit gedacht. Tut mir leid, wenn ich einen klareren Kopf gehabt hätte ...« – ihre Stimme wurde leiser, unwillkürlich griff sie sich an den Magen – »... und eine Menge mehr Mut, hätte ich mich vielleicht auf diese Weise opfern können. Ich weiß es nicht, aber diese Chance kommt nicht wieder.«

Gharun Ferdinho blinzelte sie nachdenklich an.

»Vielleicht doch«, murmelte er. »Es hängt alles davon ab, ob dies die letzte Zusammenkunft vor dem Sturm auf die Lager ist. Wenn ja, haben wir ein gewaltiges Problem. Wenn nicht, wenn also Parthenay seine Gläubigen noch einmal zusammenruft, dann können wir ihm und diesen Meuterern eine Falle stellen.«

Lhoreda schüttelt den Kopf und ließ dazu ein bitteres Lachen hören.

»Das Problem bleibt das alte«, sagte sie. »Woher willst du wissen, ob nicht einer von deinen Leuten in Wirklichkeit auf Parthenays Seite steht und deinen Plan sabotiert?«

»Verdammt!« stieß Devlin Brox hervor, »dann müssen wir eben ...«

Lhoreda blickte ihn gespannt an. »Ja?«

Devlin machte eine wegwerfende Handbewegung. »Es ist mir gerade selbst klargeworden, wie unsinnig das ist. Wir können nicht einfach alle einsperren, nur damit wir sie unter Kontrolle haben. Selbst wenn es funktionieren würde, was es bestimmt nicht tun wird, bringen wir damit alle normalen Paxe und Crewmitglieder gegen uns auf. Parthenay würde sich für diese Werbung bedanken. Auf seine Weise.«

Ferdinho nickte langsam.

»Sicherlich hast du recht«, sagte er zögernd. »Mir will nur nicht in den Kopf, daß wir einfach nichts gegen diese Meuterei zu tun imstande sein sollen. Niemand kann von mir erwarten, daß ich tatenlos zusehe, wie man mir mein Schiff wegnimmt und meine Passagiere aushungert.«

»Davon kann nicht die Rede sein.« Lhoreda dehnte ihre Muskeln. »Etwas wird uns schon einfallen, wenn wir lange genug nachdenken. Und wenn Parthenay uns die Zeit dazu läßt.«

»In jedem Fall werde ich einige Leute, von denen ich wenigstens annehmen kann, daß sie noch bei Verstand sind, vor den Magazinen als Wachen aufstellen«, verkündete der Kommandant energisch.

»Und damit jedem an Bord klarmachen, daß es Probleme gibt und wir mit Plünderungen und dergleichen rechnen?«

Ferdinho funkelte Lhoreda wütend an. »Hast du auch einmal *konstruktive* Bemerkungen zur Hand?« fauchte er.

»Ich kann für die Lage so wenig wie du«, gab die Kriminalistin trocken zurück. »Und ich benutze meinen Verstand, so lange er noch arbeitet, auch wenn mir die Ergebnisse nicht sonderlich gut gefallen. Immerhin, ich verstehe, wie dir zumute ist.«

»Auch dafür kann ich mir nichts kaufen!« grollte der Kommandant. »Ich hasse diese Untätigkeit. Wenn das so weitergeht, schmeiße ich meinen Job einfach hin. Die Gesellschaft kann mich dann ja verklagen.«

»Auch eine Lösung!« Lhoreda mußte lachen, dann wurde sie mit einem Schlag ernst. »In der Tat, das wäre eine Lösung. Von *einem* Mitglied unseres Haufens wissen wir ja, daß er zu den Verschwörern gehört, die

Parthenay nachlaufen. Ihn habe ich mit Bestimmtheit erkannt.«

»Und wer ist es?«

»Mein besonderer Freund, der unermüdliche Streiter für Gesetz und Gerechtigkeit. Dieser Anwalt, er hat mich erst auf die Spur dieser Aktion gebracht. Nur kann ich mir leider seinen Namen nicht merken.«

Devlin Brox lächelte breit. »Der Name paßt«, verkündete er. »Wright heißt der Mann. Justin Wright!«

Gharun Ferdinho setzte sich behutsam in Bewegung.

»Dann wollen wir dem Gentleman einen Besuch abstatten«, versprach er. »Ich bin gespannt, was er uns zu erzählen hat ...«

Devlin Brox und Lhoreda schlossen sich dem Kommandanten an.

Etwas hatte sich verändert seit den letzten Stunden, stellte Lhoreda fest. Seit sie Zeuge von Parthenays Versammlung geworden war, betrachtete sie ihre Leidensgenossen plötzlich mit Argwohn und Mißtrauen. Die meisten hatten dies bestimmt nicht verdient, dennoch ertappte sich Lhoreda immer wieder, wie sie forschend in Gesichter blickte und sich dabei fragte: *Gehörst du auch dazu? Willst du mich jämmerlich an Hunger sterben lassen?*

Wenn sie den Blick zur Seite wandte und die Mienen von Ferdinho und Brox studierte, konnte sie erkennen, daß die Männer ähnlichen Gedanken nachhingen, allerdings mit einer offenkundigen Portion Wut im Bauch, die Lhoreda zur Zeit nicht empfand.

Ihr taten diese Menschen leid. Verführt, betrogen, hereingelegt worden waren sie von Daryl Parthenay, nicht mehr als Spielzeuge in seinen Händen, Marionetten seiner Pläne. Sie wußten es nicht, aber sie würden es – so oder so – eines Tages erfahren. Fraglich war, wie sie mit dieser Wahrheit fertig werden konnten. Leicht würde es nicht werden.

Höflich pochte der Kommandant an die Tür der Kabine, in der Justin Wright mit drei anderen Männern wohnte. Wenig später wurde die Tür geöffnet. Ein junger Mann blickte Ferdinho erstaunt an.

»Nanu, so hoher Besuch? Willkommen, Kommandant!«

Gharun Ferdinho hatte für Höflichkeiten keine Nerven. Er blickte streng drein. »Ist Justin Wright zu Hause?«

»Er duscht gerade«, gab der junge Mann zur Auskunft und öffnete die Tür sehr weit. »Kommt schon einmal herein, ich werde ihm Bescheid sagen.«

Ferdinho schüttelte den Kopf. »Nicht nötig«, knurrte er. »Das machen wir selbst.«

Er trat ein und warf einen Blick in die Runde. Wrights Raumgefährten waren vollzählig versammelt.

»Wir möchten Justin allein sprechen«, verlangte der Kommandant. »In einer wichtigen Angelegenheit, privat sozusagen. Wenn ich also bitten darf ...!«

Mehr überrascht als verärgert räumten die drei Männer die Kabine, und Devlin Brox schloß hinter ihnen die Tür. Ferdinho hatte inzwischen die Tür zum Bad geöffnet; das Geräusch fließenden Wassers war zu hören.

Justin Wrights Körper schimmerte in Weiß und Rosa durch die halb transparente Trennwand der Dusche, die von Ferdinho ohne langes Zögern geöffnet wurde.

»Hey!« rief der Anwalt, ohne sich umzudrehen. »Was soll das? Mach die Tür zu, es zieht kalt herein!«

»Dir wird gleich ganz bestimmt warm werden!« ließ sich Ferdinho grollend vernehmen.

Wright mußte die Stimme des Kommandanten erkannt haben. Er drehte sich verwundert um. Sein Körper war naß, in Flocken von Schaum gehüllt. Auf dem

Kopf hatten sich zwei Schaumgebilde festgesetzt, die aussahen wie kleine Hörner, was Lhoreda unwillkürlich ein Schmunzeln entlockte.

»Muß das sein?« fragte Wright. »Bitte, ich kann nichts sehen!«

Er hatte die Augen geschlossen, um zu verhindern, daß die Seife in den Augen brannte. Ferdinho schob ihn sanft zurück unter den Strahl der Dusche, der Wrights rundlichen Körper rasch freispülte. Als der Anwalt die Augen öffnete, mit einem ziemlich verdrießlichen Ausdruck im Gesicht, blinzelte er kurz, erkannte Ferdinho, dann Lhoreda, und er reagierte sofort. Rasch bedeckte er mit beiden Händen, wofür sich ohnehin keiner seiner Besucher interessierte.

»Wo bist du heute abend gewesen, vor drei Stunden, um genau zu sein?«

»Darauf muß ich nicht antworten, Kommandant. Du weißt das. Ich habe meine Rechte.«

»Ich auch«, brummte Ferdinho. »Diese nämlich. Einer Klage sehe ich mit Gelassenheit entgegen. Ob du dich freuen wirst, meine Rechte genau kennenzulernen, steht auf einer anderen Folie.«

»Das ist nackte Gewalt«, versuchte Wright zu protestieren.

»Völlig richtig, das ist es. Also?«

Die Lage des Anwalts war alles andere als beneidenswert. Nicht nur, daß Ferdinho ihn offen mit Prügel bedrohte, er wußte auch, daß er einen eher lächerlichen Anblick bot, so wie er dastand. Sein Widerstand war daher nicht von langer Dauer.

»Unterwegs. Ich bin im Schiff herumgelaufen. Zur Körperertüchtigung. Ich bin sehr sportlich, müßt ihr wissen.«

Man konnte es als Prahlerei sehen oder als uneidliche Falschaussage, gelogen war es in jedem Fall. Devlin grinste nur breit.

»Kommandant, muß diese Frau dabei sein? Ich bin ja gewiß nicht prüde, aber ...

»Laß dich nicht irritieren, sie hat dich schon weitaus entblößter gesehen«, bemerkte Gharun Ferdinho grimmig.

»Ich wüßte nicht wo«, gab Wright zurück.

»Vor drei Stunden«, begründete Devlin Brox. »Auf einer gewissen Versammlung.«

Die Schnelligkeit, mit der Wrights Gesicht die Heißwasserröte verlor, war bemerkenswert.

»Ich weiß nicht, wovon ihr redet. Und überhaupt, ich habe keine Lust ...«

»Denke an meine Rechte«, warnte der Kommandant gereizt. »Lhoreda hat dich gesehen, im Kinosaal auf der Steuerbordseite. Zusammen mit einigen hundert anderen Menschen.«

Schrecken und Furcht waren Justin Wright ohne Mühe anzusehen. Für Lhoreda war das Beweis genug, aber gerichtsverwertbar waren solche Indizien nicht.

»Ich weiß von keiner solchen Versammlung«, behauptete Wright, alle verbliebene Nervenkraft zusammennehmend.

»Du erinnerst dich nicht an ein Treffen der Auslese der Besten?« fragte Ferdinho giftig.

Justin Wright zuckte zusammen. Lhoreda erkannte plötzlich, daß dieses Verhör nicht ganz so ablaufen würde, wie der Kommandant sich das vermutlich vorgestellt hatte. Es war offensichtlich, daß Wright nicht der Mann war, der sich einem wütenden Ferdinho lange widersetzen konnte. Er hatte Angst davor, mißhandelt zu werden. Aber noch sehr viel größer mußte in ihm jäh die Angst vor dem Halbgott geworden sein, dem er sich verschworen hatte.

Wenn er leugnete wie jetzt, bekam er vielleicht Prügel. Aber was zählte das im Vergleich zu dem, was Parthenay mit ihm anstellen würde, wenn er von seinem Verrat erfuhr? Parthenay würde ihn töten, grausam und qualvoll töten. Wright wußte das.

»Wenn ich dir einen Tip geben darf«, mischte sich die Terranerin ein, »dann rede. Diese Lösung ist besser für dich. Ich weiß, was dir jetzt durch den Kopf geht ...«

»Ach, wirklich?«

»Sehr gut«, behauptete Lhoreda. Wright würde nicht der erste – und hoffentlich auch nicht der letzte – Verdächtige sein, den sie hatte zusammenbrechen sehen. Sie wußte, wie man bei Verhören erfolgreich war, dies war ihr Beruf.

»Eine Frage noch – ist einer von deinen Zimmergenossen ebenfalls Teilnehmer an dieser Versammlung gewesen? Weiß einer von ihnen Bescheid?«

Wrights Reaktion verriet überdeutlich, daß Lhoredas Verdacht getroffen hatte.

»Wenn ja, ist dein Spiel ohnehin verloren. Man wird deinen Herrn und Meister darüber informieren, daß wir dir zu dritt auf die Bude gerückt sind. Damit ist klar, daß du geplaudert hast und unter Verdacht stehst. Verräter werden in euren Reihen sicher nicht geduldet, nehme ich an. Die Konsequenzen sind damit klar: *Wir* werden dich weder umbringen noch deinen Kumpanen ausliefern, aber die werden dich, ob du geredet hast oder nicht, für einen Verräter halten und liquidieren. Und wahrscheinlich hast du genügend Fantasie, dir auszumalen, *wie* sie dich töten werden.«

Wright zitterte hilflos am ganzen Körper. »Das ist Erpressung«, jammerte er.

»Halt dich nicht mit überflüssigen juristischen Spitzfindigkeiten auf«, knurrte Gharun Ferdinho. »Die helfen dir weder auf unserer noch auf der anderen Seite. Also?«

Wright schüttelte den Kopf. Er zitterte, vielleicht vor Kälte, weit eher vor Angst. Das Grauen hatte sich in seinem Denken und Fühlen eingenistet, und daraus würde es so schnell nicht wieder verschwinden.

»Ich ...«

Er litt. Seine innere Anspannung war fast mit Händen zu greifen. Unter seiner rosigen Haut begannen sich die Muskeln abzuzeichnen, die sich in seinem Körper verkrampften.

»Ich habe dich gesehen, wie du zu der Versammlung gegangen bist«, sagte Lhoreda sanft. Nun war die Zeit für ein wenig Mitgefühl gekommen. »Ich bin dir bis dorthin gefolgt, und ich habe alles gehört und gesehen. Es ist zwecklos, länger zu leugnen, wir wissen längst Bescheid. Tu dir selbst einen Gefallen und gib auf. Wir werden dich vor deinen sogenannten Freunden beschützen. Wirksam beschützen. Was du von denen zu erwarten hast, weißt du ja wohl.«

Wright senkte den Kopf, leckte über die Lippen und begann zu schluchzen. Außerdem verkrampfte er noch mehr. Lhoreda wunderte sich, daß er nicht vor Schmerz stöhnte oder seufzte. Seine strapazierten Muskeln wirkten hart wie Stein unter seiner Haut.

Streß, diagnostizierte Lhoreda gelassen. *Bald ist Wright so weit, dann wird er reden.*

»Wir wissen, was ihr vorhabt«, fuhr sie fort. »Damit sind eure Pläne, sich auch der Nahrungsmittel-Lagerräume zu bemächtigen, ohnehin im Ansatz gescheitert.

Wenn du uns hilfst, können wir vielleicht vermeiden, daß deine Freunde einen Fehler machen. Wenn nicht, dann wird es zu einem Kampf kommen, mit vielen unschuldigen Toten auf beiden Seiten. Willst du das uns oder deinen Freunden antun? Sie haben keine Chance, begreif das. Ihr habt verloren, bevor ihr noch angefangen habt.«

Wright hob den Kopf und starrte Lhoreda an. Sein Blick flackerte. Das Gesicht des Anwalts war totenbleich geworden, sogar seine Augen schienen blaß geworden zu sein.

»Wann soll es losgehen? Wann wollt ihr die Nahrungsmitteldepots angreifen? Rede, Mann!« Die Stimme des Kommandanten nahm an Wut und Lautstärke zu. Er fletschte die Zähne, sah aus wie ein Raubtier kurz vor dem Sprung. »Sprich endlich!«

Justin Wright ächzte. »Ich kann nicht!« brachte er hervor.

»Du mußt!« Ferdinho ließ nicht locker. Wright krümmte sich zusammen, drehte sich herum und erbrach sich in die Dusche. Sein Körper zuckte unter Krämpfen, wand sich hin und her.

Lhoreda Machecouls Wahrnehmung war ungewöhnlich fein entwickelt, meist entgingen ihr auch kleine Einzelheiten nicht. In diesem Fall brauchte sie geraume Zeit, bis aus dem optischen Eindruck eine Information geworden war, die ihr Gehirn verarbeiten konnte. Und selbst nachdem sie das Phänomen entdeckt hatte, brauchte sie noch geraume Zeit, um zu einer Reaktion imstande zu sein.

»Ferdinho, Brox, Vorsicht – das ist Parthenay!«

»Was?«

Unwillkürlich wichen die Männer einen Schritt zurück. Wie Lhoreda starrten sie auf den Rücken des Mannes, der sich vor ihren Augen zu verformen begann. Die Muskeln schwollen an, wurden härter und stärker, wie bei einem Modellathleten. Gleichzeitig dunkelte die Haut, Haare sprossen wie in einer Zeitrafferaufnahme daraus hervor. Gleichzeitig ließ Parthenay ein furchtbares Stöhnen und Wimmern hören.

Lhoreda zog ihre Waffe. In diese Begegnung war sie nicht unvorbereitet gegangen, der Paralysator war einsatzklar. Ein Schuß mußte genügen, Parthenay auszuschalten. Gegen diese Waffe half ihm auch sein wandelbarer Metabolismus nicht.

Es war schaudererregend, seiner Verwandlung zuzusehen. Sein kahler Schädel bedeckte sich mit struppigen dunklen Haaren, seine Ohren wuchsen und wurden knorpelig. Überall auf seinem Körper sproß dichtes Haar, handspannenlang. Dann begann er sich aufzurichten, begleitet von einem kehligen Ächzen.

»Zurück!« rief Lhoreda scharf. »Gib auf, Parthenay, du steckst in der Falle.«

Sie machte zwei Schritte zurück, während Parthenay sich nach wie vor aufrichtete und langsam umdrehte.

Sein Anblick war schauerlich. Was mochte ihn dazu bewogen haben, diese bestialische Maske zu wählen? Er besaß zwar Arme, Beine, Kopf und Rumpf wie ein Mensch, aber der Rest seiner Erscheinung war nicht mehr so zu nennen. Gelbe Raubtierzähne bleckten Lhoreda an, langsam streckte Parthenay eine krallenbewehrte Pranke nach ihr aus. Wieder war das kehlige Stöhnen zu hören.

»Laß diesen Unfug!« zischte Lhoreda.

Wozu sollte dieses Spiel dienen, was versprach er sich davon? Parthenay war schließlich intelligent, daran gab es keinen Zweifel. Sein Verhalten war völlig unerklärlich.

Dann blickte Lhoreda in die Augen der Bestie. Sie schimmerten in hellem Rot, ein scheußlicher Anblick. Aber da war noch etwas zu entdecken, und diese Erkenntnis ließ Lhoreda vor Entsetzen erstarren.

Sie hatte sich geirrt, furchtbar geirrt. Dies war nicht Parthenay, der sich einen schlechten Scherz erlaubte, zum Abschluß seiner Karriere.

Nein, dieses schauderhafte Geschöpf war nach wie vor Justin Wright, auch wenn er als solcher nicht mehr zu identifizieren war. Sein Körper hatte sich einer furchtbaren Verwandlung unterzogen, aber ein Rest seines Ichs steckte noch in diesem Kopf. Die Augen drückten es aus, in denen schieres Entsetzen flackerte, die Bewegung, mit der er seinen rechten Arm hob und ansah, wie er sich verändert hatte. Er warf den Kopf in den Nacken und schrie sein Grauen hinaus.

Es konnte nicht mehr lange dauern, auch sein Hirn wandelte sich unaufhörlich. Lhoreda wußte es, und sie zögerte nicht.

Sie feuerte. Einmal, zweimal.

Das Geschöpf zuckte zusammen, krümmte sich vor Schmerz, aber es fiel nicht. Es blieb aufrecht stehen und brüllte vor Wut und Haß. Lhoreda drückte noch einmal ab, wieder ohne Wirkung.

Und jetzt griff die monströse Kreatur an. Mit einem Satz war sie bei Lhoreda und packte sie. Die Kriminalistin spürte, wie sich die scharfen Krallen in ihr Fleisch bohrten; vor ihrem Gesicht öffnete sich ein zahnbewehrter Rachen, ein fauliger Atem schlug ihr entgegen, und sie blickte in blutrote Augen, in denen nackte Gier nach Blut und Beute geschrieben stand.

Sie war nicht fähig, etwas zu ihrer Rettung zu tun.

Ein Zischen, dann ein gräßlicher Schmerz an ihrer rechten Seite. Die Kreatur bäumte sich auf. Abermals

Zischen, dann ein grauenvoller Schrei. Der gnadenlose Griff lockerte sich, die Kreatur ließ Lhoreda los, stürzte auf den Boden. Einige Sekunden lang zuckte sie noch, in der Kabine verbreitete sich ein Gestank nach verbranntem Haar und Fleisch, dann streckte sich die Gestalt und rührte sich nicht mehr.

Justin Wright war tot – oder das, was aus ihm geworden war.

Lhoreda wandte den Kopf und sah Gharun Ferdinho mit dem Strahler in der Hand in ihrer Nähe stehen. Sein Gesicht war maskenhaft starr; das letzte, was Lhoreda noch sehen konnte, bevor ihre Knie nachgaben und sie besinnungslos auf den Boden stürzte.

11.

Thayer Brenstin stand höflich auf, als der Kommandant die Krankenstation betrat; wenig später verabschiedete er sich.

»Wie geht es dir?«

Lhoreda lächelte tapfer. Schmerzen hatte sie nicht, trotz der üblen Verbrennung an ihrer rechten Hüfte; dagegen gab es wirksame Medikamente. Die Wunde war häßlich, aber Lhoreda wußte, daß die Medizin der EOS selbst in dieser Lage imstande war, diese Verbrennungen so auszukurieren, daß später keinerlei Narben mehr zu sehen sein würden.

Was die Medikamente nicht hatten vertreiben können, waren die Erinnerungen und Gedanken. Lhoreda hatte es abgelehnt, sich in einen künstlichen, traumlosen Tiefschlaf versetzen zu lassen. Sie wußte, daß der menschliche Geist auf Träume nicht verzichten konnte;

was sie jetzt mit Chemie unterdrückte, würde sich später um so stärker wieder einstellen.

»Ich lebe, das ist das Wichtigste«, sagte sie schwach, während Ferdinho sich neben ihr Bett setzte. »Und das habe ich allein deinen schnellen Reflexen zu verdanken. Ich stehe in deiner Schuld.«

»Pah«, machte Ferdinho, begleitet von einer wegwerfenden Handbewegung. »Nicht, daß ich dein Leben nicht sehr hoch einschätzen würde, aber so heldenhaft war ich gar nicht, wie du jetzt tust.«

»Heldenhaft genug«, beharrte Lhoreda. »Für mich hat es gereicht. Was ist inzwischen passiert?«

Gharun Ferdinho holte tief Luft.

»Also, der Reihe nach«, begann er. »Wir haben dich hierher geschafft und versorgen lassen. Dann sind wir zu Parthenay zurückgekehrt und haben seine Überreste geborgen.«

»Sieht er, sah er ...?«

Ferdinho nickte. »Genau so. Die Verwandlung hat sich nicht zurückgebildet. Seltsam eigentlich. Ich hätte darauf gewettet, daß er im Tode seine originale Gestalt wieder annimmt.«

»Diese Wette kannst du vielleicht noch gewinnen«, sagte Lhoreda leise. »Das Monster war nicht Parthenay.«

»Sondern?«

»Unser Anwalt, Justin Wright. Ich habe es gesehen, in seinen Augen, an seinen Reaktionen. Es muß auch für ihn grauenvoll gewesen sein, als er sich verwandelte, gegen seinen Willen und ohne sein Zutun.«

Ferdinho starrte Lhoreda entgeistert an. »Wright, nicht Parthenay? Wie, um alles in der Welt, kommst du darauf, daß es nicht Parthenay gewesen ist?«

»Ich sagte doch, ich habe es an seinen entsetzten

Reaktionen gesehen. Und vermutlich hast du völlig recht: Parthenays Leiche wird sein wirkliches Aussehen zeigen.«

»Kannst du das irgendwie beweisen?«

Lhoreda hob matt die Schultern. »Habt ihr den Leichnam gründlich untersuchen lassen, von Wissenschaftlern?«

»Selbstverständlich, aber ohne brauchbare Ergebnisse. Wie es zu der Verwandlung kommen konnte, ist unseren Fachleuten ein Rätsel. Mit modernster Labortechnik brächten sie vielleicht mehr heraus, aber so wie es jetzt aussieht ... Und da wir über Justin Wright keinerlei Vergleichsdaten hatten, ließ sich nicht zweifelsfrei klären, ob es Wright gewesen ist oder nicht. Aber wir haben auch nicht besonders genau untersucht, der Fall schien ja völlig klar zu sein.«

»Das ist er leider nicht«, behauptete Lhoreda; sie stopfte sich ein Kissen in den Rücken, um aufrecht sitzen zu können. Normalerweise paßten sich solche Betten automatisch den Bewegungen der Patienten an, aber ohne Syntronik ...

»Bist du dir darüber klar, was das bedeutet?« erkundigte sich Gharun Ferdinho; sein Gesicht drückte deutlich aus, wie sehr er an Lhoredas Darstellung Zweifel hegte. »Es heißt, daß Parthenay einen Bruder oder so etwas an Bord gehabt hat, einen von seiner Art ...«

Lhoreda schüttelte den Kopf.

»Dieses Geschöpf war einmal Justin Wright, ein Anwalt, zwar nicht besonders nett oder sympathisch, aber dieses Ende hatte er niemals verdient. Er hat sich nicht freiwillig verwandelt, er ist vielmehr *verwandelt worden.* Daryl Parthenay hat das bewerkstelligt.«

»Und wie?«

»Woher soll ich das wissen? Denke an die Leichen in

der Kegelkammer. Parthenay hat seine Zeit dazu genutzt, mit seinen Fähigkeiten zu experimentieren. Er hatte ja sonst nichts zu tun, und an Forschungsmaterial – entschuldige den schlimmen Ausdruck – hat es ja nicht gefehlt. Vielleicht hat er die Gabe vorher schon in Ansätzen besessen, hier hat er sie offenbar kultiviert. Er kann seine Gestalt jetzt auch ohne unmittelbares Vorbild beliebig wandeln, sich einen Körper nach Maß schneidern, wie er ihn haben will. Mal harmlos-unverdächtig, mal wiedergeborener Apoll, wenn er will; er kann knisternden Sex-Appeal verbreiten, ihm stehen alle Möglichkeiten offen. Wenigstens einen Vorteil scheint diese Entwicklung für uns zu haben: Er braucht jetzt keine Menschen mehr zu töten, um zu verhindern, daß er überraschend seinem Alter-Ego über den Weg läuft.«

»Und wie hat er das mit Wright gemacht?«

»Ich weiß es nicht, beim besten Willen. Meine Fantasie reicht dafür nicht aus.«

Gharun Ferdinho schüttelte langsam den Kopf.

»Ich habe dir bis jetzt alles abgenommen, manchmal zögernd, wie ich zugebe, aber letztlich hast du mit deinen seltsamen Inspirationen immer recht gehabt. Aber dieses Mal kann ich dir nicht folgen, ich bedaure.«

Lhoreda lächelte matt. »Hast du Beweise oder Indizien für deinen Standpunkt?«

»In gewisser Weise schon«, meinte der Kommandant der EMPRESS OF THE OUTER SPACE. »Es ist in den letzten Tagen, in denen du hier gelegen hast, nicht das geringste passiert. Kein Aufstand, kein Mord, rein gar nichts. Die Stimmung ist recht gut, kein Grund, sich Sorgen zu machen.«

Lhoreda runzelte die Stirn. »Wie schön«, bemerkte sie; der Zweifel in ihrer Stimme war nicht zu überhören.

»Ich glaube und hoffe, und ich bete sogar dafür, daß dieses Problem damit erledigt ist. Daryl Parthenay hat seinen letzten Auftritt gehabt, er ist tot, und jetzt können wir uns wieder um andere Probleme kümmern, die für uns wichtiger sind.«

»Ich wünsche dir viel Erfolg«, sagte Lhoreda; sie drehte den Kopf zur Wand, und Ferdinho begriff das richtig als Signal, daß das Gespräch damit beendet war. Leise verließ er das Krankenzimmer.

»Narren!« murmelte Lhoreda gereizt. Sie war so wütend, daß ihr Tränen in die Augen stiegen. »Ihr werdet es nie begreifen!«

Parthenay tot? Lächerlich! Ferdinho und Brox hatten den Mimikry-Mutanten nie richtig begriffen. Weil er etwas getan hatte, was sie nicht verstehen konnten, trauten sie ihm wenig oder keinen Verstand zu. Dabei war Parthenay hochintelligent; sein Problem war nicht der Verstand, sondern der Charakter. Dort hatte er seine Defizite und entsetzlichen Ausfälle.

Hätte sich Daryl Parthenay, der echte Parthenay, derart in die Enge treiben lassen wie Wright? Bestimmt nicht. Hätte er auf diese deutlich erkennbare Weise gelogen und nach Ausreden gesucht? Ebenfalls nicht. Parthenay hätte sich gestellt, einige giftige Bemerkungen über die besonderen Umstände seiner neuerlichen Verhaftung gemacht und sich danach abführen lassen – nicht ohne Lhoreda noch mit ein paar zweideutigen Komplimenten zu bedenken.

Später hätte er auf seine Chance gelauert, und diese Chance wäre mit Sicherheit gekommen. Sie hätte abermals einen oder mehrere Menschen das Leben gekostet, aber er hätte sie ergriffen und genutzt. Danach wäre die nächste Runde in dem Zweikampf zwischen Lhoreda Machecoul und Daryl Parthenay gestartet worden. Bei diesem Duell hatte Parthenay alle Vorteile auf seiner Seite: Er konnte sich darauf verlassen, daß man ihn nicht einfach töten würde, wenn er nicht selbst eine eindeutige Notwehrsituation heraufbeschwor. Er hingegen konnte sich des Mordes jederzeit als bequemes Mittel zur Durchführung seiner Pläne bedienen.

Nein, ganz sicher war nicht Daryl Parthenay in Justin Wrights Kabine getötet worden.

Wenn überhaupt, dann war dieser Mann endgültig nur auf der Erde zu stellen und zu besiegen; um ihn zu halten, waren moderne technische Mittel nötig, und die gab es an Bord der EMPRESS OF THE OUTER SPACE nicht. Aber das durfte nicht bedeuten, daß man Parthenay an Bord einfach gewähren ließ. In Lhoredas Augen kam Gharun Ferdinhos Standpunkt einer stillschweigenden Kapitulation vor Parthenay gleich.

Sie drehte sich herum, schwang die Beine aus dem Bett. Ihre Hüften fühlte sich taub und steif an, aber sie konnte sich bewegen, und es schmerzte nicht.

»Ich gebe nicht auf, Kommandant«, murmelte Lhoreda Machecoul. »Ich werde diesen Mann jagen, bis zum letzten Atemzug, wenn es nötig ist.«

Sie stand auf, suchte ihre Kleidung zusammen und zog sich an. Der steifen Hüfte wegen war das recht beschwerlich, und sie brauchte viel Zeit dafür. Aber es gelang ihr, und danach stand ihrer Flucht aus der Krankenstation nur noch der leitende Arzt entgegen.

Der Mediziner starrte Lhoreda an, als sei sie ein Gespenst. »Aber ...«, brachte er über die Lippen. »Du mußt ...«

Lhoreda schnitt ihm mit einer heftigen Handbewegung das Wort ab.

»Ich muß gar nichts«, sagte sie schroff. »Meine Wunde ist hervorragend versorgt worden, dafür bedanke ich mich. Ich brauche ein Mittel gegen die Schmerzen, und morgen werde ich wiederkommen und den Verband wechseln lassen. Und jetzt werde ich mich verabschieden und meiner Arbeit nachgehen. Bitte hindere mich nicht dran, es wäre zwecklos.«

»Das glaube ich zwar nicht«, versetzte der Arzt unfreundlich, »wir können dich auch für die nächsten drei Monate in Tiefschlaf versetzten. Aber ganz wie du willst. Schmerzen und ein paar häßliche Narben, das ist das Risiko, das du eingehst.«

»Richtig, es ist mein Risiko«, trotzte Lhoreda.

»Und das deines Kindes ...«

Lhoreda sackte zusammen und schloß für ein paar Sekunden die Augen. Nachdem die Übelkeit abgeklungen war, hatte sie über ihre Schwangerschaft gar nicht mehr nachgedacht, sie regelrecht vergessen. Mußte dieser Mann sie ausgerechnet jetzt daran erinnern?

»Ich weiß«, beschied sie ihn und stapfte lahm aus der Station. In diesem Fall machte sich die geringe Schwerkraft durchaus positiv bemerkbar, sie belastete ihren Körper weniger stark.

Lhoreda ließ sich Zeit für den Weg. Sie wollte nachdenken.

Etwas hatte sie gesehen, das vielleicht einen Schlüssel zu dem neuesten Rätsel ergab. Wie hatte es Daryl Parthenay angestellt, den Körper von Justin Wright derartig zu verändern?

Es lag nahe, daß Justin Wright, bei aller Verehrung für seinen neuen Abgott, niemals eingewilligt hätte, so etwas mit sich anstellen zu lassen. Kein Mensch, nicht einmal die durchgedrehten Typen, die Parthenay um sich versammelt hatte, würden so etwas freiwillig zulassen. Parthenay hatte das gegen den

Willen seines Opfers gemacht. Und – naheliegend – wohl auch ohne dessen Wissen. Wright war Jurist gewesen, ein Berufsstand, der sich nicht eben durch übergroße Vertrauensseligkeit auszeichnete. Die Manipulation mußte Parthenay derart geschickt inszeniert haben, daß Wright nichts davon bemerkt hatte.

Im Schlaf!

Parthenay brauchte sich nur in Wrights Kabine einzuschleichen, in welcher Maske auch immer, und dann …

Nein, unwahrscheinlich. Lhoreda lehnte sich gegen eine Wand und entlastete ihr rechtes Bein. Auf diese Weise kam sie nicht weiter.

Wer, wen, wann, wo, wie, womit, weshalb – die klassischen sieben *W* der Kriminalistik, aus grauer Vorzeit überliefert. Wenn der Ermittler plausible Antworten auf jede dieser Fragen liefern konnte, hatte er den Fall praktisch gelöst.

Wer – Daryl Parthenay. *Wen* – Justin Wright. *Wann* – nicht festzustellen. *Wo* – ebenfalls unklar. *Wie* – die Schlüsselfrage, auf die es keine Antwort gab. *Womit* – Tatwerkzeug war zweifelsfrei Parthenays besondere Gabe.

Blieb *weshalb* – ein interessanter Aspekt. Warum ausgerechnet Justin Wright? Was war daran gewesen an dem Anwalt, daß Parthenay ausgerechnet ihn zum Opfer erkoren hatte? Wright war kein Kämpfer gewesen. Abgesehen von seinen Fähigkeiten als Jurist, deren Qualität Lhoreda nicht einschätzen konnte, hatte Wright keine auffälligen Persönlichkeitsmerkmale gehabt. Darin war er Parthenay ähnlich. Ein befähigter Jurist war sicherlich das letzte, was Parthenay brauchen konnte, wozu auch in dieser Lage?

Wright hatte nichts besessen, was ihn zum Opfer prädestinierte. Reiner Zufall also? Parthenay war kein Mann, der sich dem Zufall anvertraute.

Lhoreda grummelte leise und stapfte vorsichtig weiter. Schmerzen hatte sie nicht, aber mit dem halb ertaubten Bein ließ sich schlecht die Haltung bewahren. Lhoreda fand einfach keine Antwort auf ihre Fragen, so sehr sie sich auch bemühte.

Warum ausgerechnet Justin Wright?

Dieser Ansatz brachte sie nicht weiter. Also ein neuer Anlauf. Was hatte die Verwandlung ausgelöst? Unter der Dusche war Wright noch völlig normal gewesen; erst als er Besuch bekommen hatte, der ihn mit Fragen nervte, hatte dann die unheimliche Wandlung eingesetzt.

»Streß!«

»Bitte?« Eine verwundert lächelnde junge Frau blieb vor Lhoreda stehen.

»Ich denke nur laut nach«, sagte Lhoreda. »Eine schlechte Angewohnheit von mir?«

Die Frau grinste zurück und setzte sich wieder in Bewegung.

»Das Denken oder das Reden?« rief sie noch über die Schultern hinweg und verschwand in einer Abzweigung.

Wenn sie Wright nicht derart unter Druck gesetzt hätten?

In diesem Augenblick war alles klar, blitzartig fügten sich die Puzzlesteine zu einem Bild zusammen – einem wahren Horrorgemälde, das Lhoreda den Atem stocken ließ.

So schnell wie möglich mußte sie den Kommandanten erreichen. Die EMPRESS OF THE OUTER SPACE und die Menschen in ihrem Inneren schwebten in höchster Gefahr; jede Sekunde konnte zählen. Was sich ereignen würde, wenn sie zu spät kam, wagte Lhoreda sich gar nicht erst auszumalen …

12.

»Schätzchen!«

Lhoreda blieb schnaufend stehen und ließ die Schultern herabsacken. Sie war keine besondere Freundin von Kosenamen wie ›Schätzchen‹, ›Liebchen‹, ›Mäuschen‹ oder gar – grausige Vorstellung – ›Herzilein‹. Und schon gar nicht in der Öffentlichkeit.

Thayer Brenstin, der sie so angesprochen hatte, eilte zu ihr. »Solltest du nicht im Krankenbett sein?« fragte er fürsorglich.

»Sollte ich«, gab Lhoreda zu. »Bitte, halt mich nicht auf. Ich bin wirklich sehr in Eile. Ich muß zu Ferdinho.«

»Wenn ich sehe, wie oft du bei ihm bist, könnte ich fast eifersüchtig werden«, grollte Thayer Brenstin. »Worum geht es denn dieses Mal?«

»Ich kenne Parthenays Plan. Ich weiß, was er gemacht hat, wie er es gemacht hat und welches Ziel er verfolgt. Deswegen die Eile.«

Brenstin drückte ihr einen Kuß auf die Wange. Lhoreda stellte fest, daß er sein Rasierwasser gewechselt hatte, und lächelte. Sehr aufmerksam, wirklich.

»Paß gut auf dich auf Lhoreda«, riet er ihr. »Ich will dich nicht verlieren, wir beide gehören einfach zusammen.«

Es war natürlich der blödeste aller blöden Augenblicke für eine derartige Eröffnung, aber Lhoreda konnte nicht anders. Jetzt oder nie, dann hatte sie es wenigstens hinter sich.

»Nicht wir beide«, sagte sie so laut, daß Brenstin sie hören konnte, obwohl er im Abmarsch begriffen war. »Es muß *wir drei* heißen!«

Thayer Brenstin blieb abrupt stehen, als sei er gegen eine Wand geprallt. Ganz langsam drehte er sich zu Lhoreda um und machte einige schnelle Schritte auf sie zu.

»Bitte?«

»Tut mir leid, es dir so zu sagen«, sprudelte Lhoreda hervor; eine sanfte Notlüge tauchte in ihrem Kopf auf. »Der Arzt hat es gerade erst bemerkt – ich bin schwanger!«

Thayer Brenstin war kreideweiß geworden im Gesicht, sein Blick irrlichterte, seine Hände zitterten, und seine Stirn bedeckte sich mit feinen Schweißtropfen.

»Ist das wirklich dein Ernst Lhoreda? Ein Kind, unser Kind?«

»In solchen Dingen spaße ich nicht«, sagte Lhoreda lächelnd. »Ja, es stimmt. Wir reden später darüber, heute abend. Jetzt habe ich wirklich keine Zeit dafür, diese andere Sache ist fast noch wichtiger.«

»Ich verstehe«, murmelte Thayer Brenstin atemlos. Er war noch immer wie vom Donner gerührt und rang sichtlich um seine Fassung. »Einverstanden, später …!«

Er wandte sich ab, unsicher, leicht schwankend. Lhoreda lächelte und setzte ihren Marsch fort. Hinter sich konnte sie hören, wie Thayer zu laufen begann, wahrscheinlich, um die freudige Nachricht sofort seinen Freunden zu verkünden.

»Wenigstens kann er jetzt nicht seine Mutter anrufen«, murmelte Lhoreda amüsiert und humpelte weiter.

Sie brauchte fast eine halbe Stunde, in der sie des öfteren Flüche murmelte, bis sie Ferdinhos Kabine erreicht hatte. In der Schwerelosigkeit fiel es ihr besonders schwer, mit ihrer Behinderung fertig zu werden.

Ferdinhos Augen weiteten sich, als er Lhoreda erkannte. »Wo, zum Teufel, kommst du jetzt her?« fragte er verblüfft.

»Von dort, wo du mich zurückgelassen hast«, antwortete sie. »Ich habe jetzt die Lösung. Und wir werden uns beeilen müssen.«

Devlin Brox steckte den Kopf zur Tür herein, Lhoreda winkte ihn heran.

»Rüste sofort alle zuverlässigen Leute mit Waffen aus«, ordnete sie an. »Parthenays Angriff kann jederzeit beginnen. Und sag den Leuten, daß es sehr gefährlich werden kann.«

Brox zögerte.

»Mach zu«, sagte Gharun Ferdinho ernst. »Ich fürchte, sie weiß, was sie sagt!«

Devlin Brox verschwand eilig, und Lhoreda streckte die Beine aus.

»Ich habe mich gefragt, wieso ausgerechnet Justin Wright«, begann Lhoreda. »Es war schließlich nicht viel Besonderes an dem Mann. Und genau das ist der Schlüssel zu allem. Er war tatsächlich nichts Besonderes.«

Es sprach für die Intelligenz des Kommandanten, daß er die Bedeutung dieses Wortspiels sofort begriff.

»Nur einer unter vielen? Meinst du das?«

»Ja«, antwortete Lhoreda; sie schnaufte ein wenig, war außer Atem. »Was bei Wright passiert ist, ist auf den Streß des Verhörs zurückzuführen. Die extreme seelische Belastung hat einen Prozeß beschleunigt, der früher oder später ohnehin in Gang gekommen wäre.«

»Allmächtiger!« stieß Ferdinho entsetzt hervor. »Das heißt ...?«

»Daß es mehrere Hundert andere Wrights gibt, die sich ebenfalls verwandeln werden, früher oder später. Und ich tippe auf früher, weil Parthenay wahrscheinlich schon befürchtet, daß wir das Geheimnis durchschaut haben. Seine Leute und unsere werden sehr bald gut voneinander zu unterscheiden sein, das verringert seine Chancen. Er hat nur noch eine Möglichkeit: Er muß sie jetzt, so wie sie sind, in den Kampf schicken. Und der Streß dieses Kampfes wird die Verwandlung in Gang setzen, dann haben unsere Leute kaum eine Chance.«

»Aber wie, wie hat er das gemacht?«

»Selbstexperimente, vermute ich«, sagte Lhoreda Machecoul. »Parthenay hat gegenüber uns einen Vorteil: Er kann praktisch nicht krank werden, da er seinen Körper bis in die letzte Zelle hinein beeinflussen kann. Und er hat, das wissen wir, damit experimentiert, seinen Körper frei umzumodeln. Wahrscheinlich, so stelle ich es mir vor, hat er versucht, herauszufinden, wie er diese Umwandlung an sich selbst durchführt. Ich nehme an, daß er imstande ist, seine DNA zu manipulieren, Zelle für Zelle. Auf diese Weise kann er natürlich im eigenen Körper Krankheiten ausbrüten; merkt er etwas davon, wandelt er die Erreger um und ist gesund. Das hat er so lange gemacht, bis er etwas gefunden hatte, mit dem er nicht nur sich selbst, sondern auch andere umwandeln konnte. Ein Virus, eine Bakterie, was weiß ich.«

»Unvorstellbar«, murmelte Ferdinho erschüttert.

»Leider nicht, ich kann es mir sehr gut vorstellen. Weiter: Mit diesem Virus, bleiben wir bei diesem Begriff, hat er seine Gefolgsleute infiziert.«

Die Frau hielt inne und holte tief Luft.

»Ich bin dabeigewesen«, sagte sie. »Und wenn die Dinge etwas anders gelaufen wären, hätte er mich auch erwischt. Erinnerst du dich an meinen Bericht von der Versammlung, an dieses obskure Ritual zum Schluß? Wir teilen Brot und Wein, sehr symbolträchtig, außerordentlich geschmacklos. Bei dieser Gelegenheit, spätestens, hat er den Virus auf seine Anhänger übertragen. Auf Hunderte von Menschen, die jetzt jederzeit zu entfesselten Bestien werden können. Die keine Chance haben, sich dagegen zu wehren.«

Gharun Ferdinho war blaß geworden, Lhoreda konnte es sehen.

»Was können wir tun?« fragte er. »Sie bekämpfen?«

»Diese Menschen haben uns nichts getan. Sie waren verblendet, das ist ihre Schuld, mehr nicht. Es gibt nur eine, wenn überhaupt nur eine Möglichkeit, ihnen zu helfen. Nur einer ist dazu imstande.«

»Daryl Parthenay natürlich!« preßte Gharun Ferdinho zwischen den Lippen hervor.

»Er kann, vielleicht, diese Infektion wieder rückgängig machen. Vielleicht tut er es, aber er wird einen Preis dafür fordern.«

»Welchen?«

Lhoreda hatte die Antwort bereits gefunden.

»Vollständige Unterwerfung unter seinen Willen, bedingungslose Kapitulation. Das könnte das einzige Mittel sein, ihn zum Einlenken zu bewegen.«

Gharun Ferdinho senkte den Blick. »Und wenn wir das tun? Was wird er mit uns anstellen?«

»Ich habe keine Ahnung«, gab Lhoreda zu, die sehr wohl wußte, daß Parthenay an ihr ein ganz besonderes Interesse hatte. »Was ihm gerade in seiner Göttlichkeit gefällt. Er kann uns tanzen und springen lassen, sich als Gott verehren lassen, uns als Gladiatoren aufeinander hetzten, was auch immer. Seine Möglichkeiten sind unbegrenzt.«

»Das kann ich nicht, Lhoreda«, murmelte Ferdinho. »Ich kann das nicht tun!«

»Parthenay wird uns dazu zwingen«, sagte Lhoreda leise. »Er kann jeden überall infizieren, wenn er will und in einer seiner Masken auftaucht; sein Nachschub ist so groß wie die Zahl der Menschen an Bord. Früher oder später wird er uns seinen Willen aufzwingen. Und später bedeutet, nachdem viele von uns im Kampf gestorben sind. Wir haben keine Chance gegen Parthenay.«

»Wenn wir zusammenhalten und uns zur Wehr setzen ...?

»Willst du den Befehl dazu geben? Oder eine demokratische Abstimmung darüber abhalten? Und wenn, wirst du unseren Leuten die offene, die ganze Wahrheit sagen, welche Wahl sie tatsächlich zu treffen haben?«

»Hör auf, Lhoreda, ich will das nicht hören!«

»Mir gefällt es auch nicht«, klagte Lhoreda. »Ich darf gar nicht daran denken ...«

Devlin Brox kehrte zurück. »Ich habe ein Kampfkommando zusammengestellt. Vierzig Frauen und Männer, allesamt gut ausgerüstet; die meisten haben sogar einschlägige Erfahrungen. Was nun?«

Ferdinhos Kopf ruckte hoch; hätte er sich nicht am Tisch festgehalten, wäre er davongeschwebt.

»Wir werden unsere Leute vor den Depots aufstellen«, sagte er grimmig. »Parthenays Meute braucht Futter, genau wie wir. Die Verwandlung ist, wenn sie erst einmal passiert ist, von Dauer, wie wir an Wright gesehen haben. Wir brauchen also nur so lange durchzuhalten, bis sich die Fronten auf diese Weise geklärt haben. Danach wissen wir, wer zu uns gehört und wer nicht.

Und dann werden wir die Depots gegen alle Angriffe verteidigen und uns einigeln, so lange, bis wir sie ausgehungert haben oder sie im Kampf gestorben sind.«

Lhoreda nickte nur.

Ferdinho funkelte sie an. »Kein Widerspruch«, drohte er. »Ich will keinen Widerspruch hören. Ich bin der Kommandant, meine Befehle gelten.«

Lhoreda Machecoul senkte den Blick, während die beiden Männer die Kabine verließen.

Aussichtslos. Der Plan war nicht einmal so schlecht. Sein Fehler war, daß der Urheber dieses Gemetzels, Daryl Parthenay, sich auf der falschen Seite herumtreiben würde – bei den Monstern war er garantiert nicht zu finden. Und von dieser Deckung aus konnte er jederzeit hingehen und eine neue Meute ins Leben rufen.

Er hatte alle Trümpfe in der Hand, er konnte sein Spiel praktisch nicht verlieren.

Lhoreda bewegte sich träge. Aus Ferdinhos Beständen besorgte sie sich eine Waffe, einen Thermostrahler. Vielleicht hatte der Kommandant die richtige Entscheidung getroffen. Vielleicht war es besser, in dieser Schlacht umzukommen, als den letzten Rest von Würde und Selbstachtung unter Parthenays Tyrannei zu verlieren. Diese Wahl mußte jeder für sich selbst treffen.

Lhoreda verließ die Kabine. Auf den Gängen waren Besatzungsmitglieder unterwegs, die andere Menschen in ihre Kabinen trieben und sie aufforderten, sich dort zu verrammeln und einstweilen niemanden einzulassen. Vielleicht half das etwas, Lhoreda hatte jedoch ihre Zweifel. Dem Mimikry-Mutanten würden sich diese Türen früher oder später dennoch öffnen – es lief nur auf einen Zeitgewinn hinaus.

Aber vielleicht, sehr vielleicht, war dies der einzige Ausweg. Noch nie seit der Havarie hatte Lhoreda das Nahen der Retter so sehnlich herbeigesehnt wie in diesem Augenblick.

13.

Sie zogen grimmige, kampfentschlossene Gesichter, hielten ihre Waffen fest in den Händen, aber man wußte nicht, ob sie die Waffen hielten oder die Waffen ihnen selbst Halt geben sollten. Die Mienen waren angespannt, es wurde schnell geatmet, in der Luft lag deutlicher Schweißgeruch.

»Wir haben eine Sperrlinie gebildet«, gab Ferdinho bekannt. »Zwischen diesem Bereich und der Steuerbordsektion.«

»Ist das sinnvoll?« fragte Devlin Brox an. »Parthenay kann seine Leute doch jederzeit unter die anderen mischen. So lange sie nicht in Kämpfe verwickelt sind, kann man die Guten von den Bösen doch nicht unterscheiden?«

Gharun Ferdinho zeigte sich von der geduldigen Seite.

»Der Angriff kann nur klappen, wenn er seine Truppen, in welcher Gestalt auch, koordiniert. Er wird einen Plan ausgearbeitet haben, den er seinen Leuten erst einmal erklären muß – und zwar allen zugleich, sonst macht das keinen Sinn. Also muß er seine Leute irgendwo versammeln, und danach erst geht der Angriff los.«

»Ich verstehe«, murmelte Brox. »Und seine Leute sind gewöhnt, sich in der Steuerbordsektion zu treffen.«

Lhoreda war damit beschäftigt, das Magazin ihrer Waffe zu überprüfen. Sie hielt inne.

Vielleicht hatte der Kommandant recht. Seine Überlegungen klangen sinnvoll und vernünftig. Wenn dem aber so war: Warum dann nicht versuchen, die ganze Steuerbordsektion abzutrennen? Dann war Parthenay mit seinen eigenen Kreaturen isoliert und seinen selbsterschaffenen Monstern ausgeliefert.

Es lag auf der Hand, daß diese Trennung für jegliches Leben in der Steuerbordsektion das Ende bedeutete. Dort gab es danach weder Energie noch Wasser noch Nahrung, nach einigen Tagen wahrscheinlich nicht einmal mehr Atemluft.

Lhoreda schloß die Augen. Wer hatte die Kraft, diese Entscheidung zu treffen? Noch war nichts passiert, niemand war angegriffen worden, noch mußte man Parthenays Verbündete unter seine Opfer rechnen.

War es zu verantworten, sie auf diese Weise zum Tode zu verurteilen, nur auf der Grundlage von Vermutungen, Spekulation und herzlich wenig handfesten Indizien? Fast alles, was Gharun Ferdinho in dieser Angelegenheit angeordnet hatte, stützte sich allein auf Lhoredas Ermittlungen. Mehr gab es nicht, und es war für eine solche Entscheidung kümmerlich wenig.

War der Angriff erst einmal erfolgt, war der bündige Beweis geliefert, aber dann war es für diese Brachialmethode zu spät.

Lhoreda zog Devlin Brox zu sich heran. »Gibt es eine Möglichkeit, die ganze Steuerbordsektion von der Zentralkugel abzukoppeln?«

Brox begriff sofort, er schüttelte den Kopf. »Nur unter Normalbedingungen, wenn die Syntrons funktionieren«, sagte er leise.

»Und mit Gewalt? Sprengstoff?

»Dazu müßte man eine ganze Reihe von Ladungen an den richtigen Stellen zünden.«

»Haben wir solche Ladungen? Und wie lange würde es dauern? Und kennst du die entsprechenden Stellen, wo man die Ladungen plazieren muß?«

Devlin Brox zögerte. »Es ist nur eine Frage der Zeit«, sagte er. »Materialbeschaffung, Stellen finden, Bomben setzen – wahrscheinlich haben wir diese Zeit aber nicht.«

»Wir können es wenigstens versuchen; es würde auf unserer Seite viele Leben retten.«

Devlin Brox holte scharf den Atem ein.

»Das ist ein Selbstmordkommando, Lhoreda«, gab er zu bedenken. »Ich sage das nicht, um dich zu beeindrucken – es ist unerhört riskant.«

Lhoreda deutete nach vorn. »Hier können wir ebenso gut umkommen«, erwiderte sie.

Devlin Brox nickte. »Einverstanden, wir versuchen es. Aber ich werde vorher mit Ferdinho reden, er muß sein Einverständnis geben. Und vorsichtshalber werden wir ein kleines Funkgerät mitnehmen.«

»Dann los«, zischte Lhoreda. »Machen wir uns an die Arbeit!«

Es dauerte fast eine Stunde, bis die ersten Vorbereitungen abgeschlossen waren. Ferdinho teilte ein halbes Dutzend Verteidiger ab, um Lhoreda und Brox zu helfen. Die Sprengladungen wurden besorgt, die Baupläne der EMPRESS OF THE OUTER SPACE überprüft, dann konnte die Aktion beginnen.

Sie ließ sich gut an.

Es gab zwischen den Sektionen jeweils siebzehn Übergänge auf verschiedenen Ebenen; die meisten dieser Übergänge waren seinerzeit noch von Hanaota im

Rahmen der Alarmplanung verschlossen worden. Lediglich drei dieser Schotts waren benutzt worden, um Passagiere und Besatzungsmitglieder aus den Kegeln herauszuholen und in die Zentralkugel zu bringen.

Damit war die Aufgabe klar: Jedes einzelne dieser Schotts mußte überprüft und notfalls geschlossen werden, Schritt eins. Danach mußten kleine Thermitladungen dafür sorgen, daß sich diese Tore niemals wieder öffnen konnten; zum einen, um die Kreaturen Parthenays abzuhalten, zum anderen, um zu verhindern, daß nach der Trennung der Sauerstoff der Kugel durch die Schotts in den Weltraum entwich.

Schritt zwei: Die Verbindungsstücke zwischen den Sektionen mußten aufgesucht und präpariert werden. Schritt drei: Die gesamte Umgebung der geplanten Detonationen mußte vakuumfest verschweißt werden. Erst wenn diese Arbeiten getan worden waren, konnten die großen Ladungen gezündet werden.

Brox Devlin und seine Helfer arbeiteten unermüdlich, ihre Aktionen waren präzise und wohlüberlegt, und je mehr die Arbeit fortschritt, um so stärker wuchs in Lhoreda die Hoffnung, daß dieser Plan zum Erfolg führen würde.

Die ersten fünf Decks waren abgearbeitet, die Ladungen angebracht, die Schotts verschweißt. Es ging tiefer hinab, Deck für Deck.

Hinter den Rücken der Frauen und Männer kauerten die Menschen der EMPRESS OF THE OUTER SPACE in ihren Kabinen, äußerst schlecht informiert über das, was sich abspielte, verängstigt, aufgeregt und vielfach kurz vor einem Nervenzusammenbruch. In ihren Gedanken war Lhoreda immer wieder bei diesen Menschen.

Sie überwachte die Funkverbindung zum Kommandanten der EOS; mehr konnte sie mit ihrer lädierten Hüfte nicht tun. Inzwischen ließ die Wirkung des Analgetikums allmählich nach, in ihrem Körper breitete sich ein dumpf pochender Schmerz aus, der alle zehn Minuten ein wenig stärker wurde.

»Achtung, Vorsicht!«

Der Ruf quäkte aus dem Funkgerät.

»Sie greifen an. Großer Gott, was ist das?«

Die Menschen in Lhoredas Nähe hielten inne, lauschten.

»Es geht los«, informierte sie Lhoreda. »Ferdinhos Truppe wird angegriffen. Parthenay schlägt zu.«

Die meisten von Lhoredas Gefährten konnten mit dieser letzten Erklärung kaum etwas anfangen, aber sie begriffen, daß es ernst wurde. Schnell setzten sie ihre Arbeit fort.

»Nach links, Braer, nach links! Ich habe einen getroffen, ich habe getroffen!«

Lhoreda versuchte sich die Szene vorzustellen. Dutzende, vielleicht Hunderte von Geschöpfen, die wie Justin Wright aussahen und mit nässenden Lefzen auf die Verteidiger einstürmten, getrieben von einer unbezähmbaren Gier nach Blut. Dazu die Verteidiger, die wußten, daß die monströsen Kreaturen, auf die sie feuerten, vor wenigen Tagen noch ihre Gefährten gewesen waren, Nachbarn vielleicht nur, vielleicht aber auch gute Freunde. Das Grauen dieses Kampfes war nicht vorstellbar, und in diesem Augenblick haßte Lhoreda Daryl Parthenay, der für diese Scheußlichkeiten die alleinige Verantwortung trug.

Aus dem kleinen Lautsprecher waren Rufe zu hören, Schreie, Gebete. Über allem erklang immer wieder die dröhnende Stimme von Kommandant Gharun Ferdinho.

»Ruhe bewahren, Leute! Zielt sorgfältig und deckt euch gegenseitig! Wir werden mit ihnen fertig!«

Dazwischen immer wieder Laute, die Lhoreda das Blut gefrieren ließen: Klänge, wie keine menschliche Kehle sie produzieren konnte, Hecheln und Keuchen, gieriges Knurren, lautes Wutgebrüll.

Dann ein Schrei, in dem alles Grauen der Welt mitschwang, andere Laute des Entsetzens, die sich darin mischten, ein Krachen und Prasseln und Knacken, für das es nur eine Erklärung gab.

»Sie haben Jock erwischt! So helft ihm doch, tut bitte etwas ...!«

Lhoreda sog die Luft zwischen den Zähnen ein. Es war grauenvoll, all dies zu hören, aber wahrscheinlich nur ein matter Abklatsch dessen, was sich vor den Depots wirklich abspielte.

Lhoreda blickt hinüber zu ihren Gefährten. Es sah gut aus; ein paar Minuten noch, und diese Abteilung war erledigt. Noch drei Decks mußten aufgesucht werden.

»Lhoreda an Kommandant Ferdinho: Wie sieht es bei euch aus? Könnt ihr standhalten?«

Ferdinhos Stimme klang deutlich aus dem kleinen Lautsprecher.

»Lage unter Kontrolle, Lhoreda. Wir halten stand. Diese Monster sind wirklich scheußlich, aber wir werden mit ihnen fertig. Sie haben zwei von unseren Leuten erwischt und buchstäblich zerfetzt. Es war gräßlich, ich habe noch nie etwas Scheußlicheres gesehen. Paßt gut auf euch auf, Lhoreda!«

»Wird gemacht«, versprach die Kriminalistin.

Wenn sie und ihre Leute mit ihrer Arbeit fertig waren, konnten sie Ferdinho und dessen Truppe zu Hilfe kommen. Dann mußten die Parthenay-Kreaturen zurückgedrängt werden in den Bereich der EMPRESS

OF THE OUTER SPACE, aus dem sie gekommen waren. Danach die Sprengung, und das Problem war – hoffentlich – gelöst.

Parthenay selbst würde sich natürlich zwischen den Bewohnern der Mittelkugel verstecken und unerkannt bleiben. Theoretisch konnte er jederzeit zu einer neuen Attacke ausholen. Lhoreda hatte aber inzwischen die Zuversicht gewonnen, daß man ihm vielleicht erfolgreich entgegentreten konnte.

Wenn man die Überlebenden dieses Kampfes ausreichend informierte und dazu brachte, gewissermaßen wechselseitig aufeinander aufzupassen, dann hatte Parthenay keine Chance mehr, eine breit angelegte Verschwörung an Bord anzuzetteln, jedenfalls keine Meuterei nach dem Muster jenes Aufstandes, der gerade ablief. Gewiß würde er sich etwas Neues einfallen lassen, aber auch damit hoffte Lhoreda fertig werden zu können.

Wichtig war vor allem, die Menschen zu informieren. Nach diesem Angriff, nachdem Dutzende von Augenzeugen Parthenays Kreaturen in Aktion erlebt hatten, durfte der Mimikry-Mutant nicht mehr hoffen, weitere Verbündete für seine Pläne zu finden.

Er würde bis zur Rettung versteckt bleiben müssen. Vielleicht mordete er wieder auf die alte Art und Weise, das konnte Lhoreda nicht ausschließen, aber er konnte nicht mehr die Sicherheit des ganzen Schiffes gefährden.

Oder doch? Wenn er nun abermals damit begann, Krankheitserreger auszubrüten und zu verteilen, diesmal nicht, um Anhänger zu finden, sondern einfach nur, um Menschen zu töten und Chaos an Bord entstehen zu lassen? Denkbar war bei Parthenay alles, selbst eine solche Infamie.

Lhoreda stellte den Funkempfang leiser. Der Kampflärm, das Schreien und Rufen, zerrte an ihren Nerven und störte sie beim Nachdenken.

Nein, entschied Lhoreda im stillen. Wahrscheinlich würde er das nicht tun. Einmal abgesehen von den medizinischen Möglichkeiten, die in der EMPRESS OF THE OUTER SPACE nach wie vor zur Verfügung standen: Wenn Parthenay sich für eine Krankheit entschied, deren Erreger leicht zu übertragen war, durch Tröpfcheninfektion beim Husten und Niesen beispielsweise, dann würde er sehr bald allein in der EOS sein. Eine Epidemie ließ sich in dieser Enge nicht kontrollieren und wirksam bekämpfen; beinahe unweigerlich mußte jeder jeden anstecken, mußten alle sterben, wenn diese Krankheit neu und medizinisch nicht zu bekämpfen war.

Entschied er sich aber für das bekannte Verfahren, mit dem er die Kreaturen geschaffen hatte, konnte man die Spur wahrscheinlich zu ihm zurückverfolgen, und dieses Risiko würde Parthenay nicht eingehen.

Lhoreda stieß einen leisen Seufzer aus.

Vielleicht gehörte auch dies zu ihrer Schwangerschaft, das ständige Auf und Ab in ihrer Gemütslage. Lhoreda kannte das Phänomen, aber so stark war es bisher in ihrem Leben nicht in Erscheinung getreten. Glücklicherweise ging es in diesem Augenblick wieder aufwärts.

»Kommandant an Lhoreda, ist Brenstin schon bei euch angekommen?«

»Thayer, warum sollte er? Er soll doch in seiner Kabine bleiben!« sagte Lhoreda schnell.

»Er sucht dich dringend, wegen etwas Wichtigem. Machte einen sehr aufgeregten Eindruck, wie durchgedreht. Stimmt etwas nicht mit ihm?«

Lhoreda mußte lachen. »Gewissermaßen ja. Er hat vor ein paar Stunden erfahren, daß er Vater wird.«

Ferdinhos grollendes Lachen war zu hören. »Na, das erklärt alles. Er ist unterwegs zu dir, wahrscheinlich wird er dich auf den Händen aus der Gefechtszone tragen wollen. Meinen Glückwunsch, übrigens.«

»Wie steht's?«

»Wir drängen sie langsam zurück. Es sind nicht so viele, wie wir befürchtet hatte. Ich glaube, Parthenay hat verloren, dank deiner Intuition.«

»Hoffentlich hast du recht«, sagte Lhoreda leise.

Sie beschloß, Thayer ein Stück weit entgegenzugehen. Diese Unterhaltung zwischen werdenden Eltern brauchte nicht unbedingt von der halben Crew der EOS verfolgt zu werden.

Sie hatte etwa zweihundert Meter zurückgelegt, als sie Thayer rufen hören konnte. Lhoreda lehnte sich gegen eine Wand und blieb stehen. Ihre Hüfte schmerzte jetzt ziemlich stark. Nur kurze Zeit noch, dann war es vorbei, dann konnte sie sich versorgen lassen. Ihr Team hatte vorzügliche Arbeit geleistet. Wenn Lhoreda nach rechts blickte, konnte sie am Ende eines kurzen Ganges die dunkelrot nachglimmende Schmelzstelle sehen. Dort hatten sie einen kleinen Durchgang für das Personal sehr sorgfältig zugeschweißt, um Vakuumeinbrüche nach der Trennung zu vermeiden.

»Lhoreda, endlich!«

Thayer Brenstin keuchte und schnaufte, als er bei Lhoreda anlangte; sein Gesicht war mit einem Schweißfilm überzogen und wirkte fahl vor Angst.

»Das darfst du nicht!« stieß er hervor. »Du mußt weg von hier, es ist zu gefährlich.«

Lhoreda legte ihm eine Hand auf die Schultern.

»Nicht so aufgeregt, Thayer. Wir haben die Lage unter Kontrolle. Noch ein paar Minuten …«

Thayer Brenstin schüttelte atemlos den Kopf.

»Was habt ihr hier eigentlich vor?« wollte er wissen, und Lhoreda erklärte es ihm. Thayer bewegte den Kopf heftig auf und ab.

»Ein guter Plan«, ächzte er und beugte sich nach vorn, wie es Sportler nach einem strapaziösen Lauf taten. Den Kopf gedreht, so blickte er Lhoreda mit einem verzerrten Grinsen von unten her an. »Du bist wirklich Parthenays gefährlichste Gegnerin. Mein Kompliment. Und jetzt komm!«

Lhoreda entzog sich seinem Griff.

»Mein Platz ist hier«, widersetzte sie sich und sah, wie Thayer das Blut in den Kopf schoß. Er rollte mit den Augen.

»Es geht nicht nur um dich oder mich«, stieß er hervor. »Es geht vor allem um unser Kind. Versteh doch …!«

Der Knall war ohrenbetäubend laut, dann stieß die Druckwelle der Explosion Lhoreda zur Seite. Sie schrie auf, als sie auf der Hüftwunde landete, und wie zwanghaft wandte sie den Kopf.

Eine Sprengladung hatte das Schott aus seiner Verankerung gerissen, daran hatte das Verschweißen nichts ändern können. Rauchwolken waren zu sehen, und dann tauchte die erste Kreatur auf, hechelnd, mit dunkelrot glühenden Augen, auf der Suche nach Beute.

»Großer Gott!« stöhnte Lhoreda auf. Damit hatte sie nicht gerechnet. Parthenays Kreaturen mochten vielleicht keine menschlichen Gefühlsregungen mehr kennen, aber sie hatten deswegen einen gewissen Verstand nicht verloren. Die Attacke auf das Depot war nur ein Ablenkungsmanöver gewesen. Hier, in diesem Bereich, sollten sie losschlagen, wo sich ihnen kein Widerstand bot und sie über die ahnungslosen Menschen herfallen konnten. Sie gierten nach Nahrung, aber die mußte wohl nicht unbedingt aus Konserven oder Tiefkühlmenüs bestehen.

Wahrscheinlich war es so von Daryl Parthenay nicht geplant gewesen, so nicht. Sein Anschlag war außer Kontrolle geraten, vollkommen.

Sie stürmten vorwärts.

Lhoreda spürte, wie sie in die Höhe gezerrt wurde.

»Lauf!« schrie eine sich überschlagende Stimme in ihr Ohr. »Lauf, Lhoreda, denk an das Kind ...!«

»Nein!« gellte ihr Schrei durch den Gang. »Bleib hier, Thayer!«

Brenstin hatte sie vorwärts gestoßen, um sie ins Laufen zu bringen, aber ihr Bein gab nach, und sie stürzte abermals. Im Fallen drehte sie sich halb um, und sah, wie Thayer Brenstin losstürmte.

Es war eine Sache weniger Augenblicke.

Gerade noch hatte er sich in dem schmalen Gang bewegt, einen Herzschlag später verschwand sein Körper in einem Gewimmel haariger Leiber. Schreien, ein tierisches Heulen, das Knacken und Knirschen berstender Knochen, Blutspritzer, die sich auf Wänden und Decke verteilten; Pranken, Klauen, entblößte Reißzähne, Fetzen von rohem Fleisch. Ein Schädel, der sich in Lhoredas Richtung drehte, das Maul geöffnet, Gier in den roten Augen lodernd.

Dann laute Rufe, Geräusche von schnell laufenden Füßen, Kommandos, das grelle Zischen von Thermowaffen, ein kleiner dunkler Gegenstand flog durch die Luft, der heranstürmenden Bestie entgegen.

Das letzte, was Lhoreda Machecoul sah, bevor sie das Bewußtsein verlor, war der grellgelbe Feuerball der Thermitladung, der Parthenays Kreaturen und das verschlang, was von Thayer Brenstin geblieben war.

14.

Sie blickte aus starren Augen hoch zur Decke. Helles Blau, durchsetzt von leicht gelb gefärbten Streifen, die das Sonnenlicht an die Decke malte. Das Fenster stand offen, ein Geruch nach Frühherbst wehte in das Zimmer. In die Stille des Nachmittages hinein klang der Türsummer.

»Herein« sagte Lhoreda. Sie sprach zu leise, um auf der anderen Seite der Tür verstanden zu werden, aber die Syntronik, allgegenwärtig, hatte den Laut aufgefangen und reagierte darauf. Sie sorgte auch dafür, daß Lhoredas Rücken und Kopf gestützt wurden, als sich die Frau aufrichtete.

»Störe ich?«

Lhoreda schüttelte den Kopf. »Komm nur herein!«

Devlin Brox war mit einem riesigen Blumenstrauß bewaffnet, den er sachte auf Lhoredas Bett ablegte. Dann beugte er sich vor und küßte sie sanft auf die Wange.

»Gratuliere«, sagte er leise. »Ich habe es schon gehört. Ein Mädchen, ist das richtig?«

Lhoreda blickte zur anderen Seite ihres Bettes. Dort ruhte ihre Tochter in einem hübschen Schlafkorb.

»Ja, ein Mädchen«, antwortete sie. »Ich habe vergessen, wie schwer und wie groß. Es ist auch nicht wichtig.«

Devlin Brox lächelte schwach. »Es gibt wenig, was wirklich wichtig ist«, sagte er sehr leise. »Verdammt wenig!«

Er sah hager aus, nicht mehr ganz so ausgezehrt wie im Mai, aber er hatte sich augenscheinlich noch nicht zur Gänze erholt. Selbst wenn er ein paar Kilo Gewicht zugelegt hätte, die seelische Auszehrung hätte man ihm dennoch ansehen können.

Im Mai dieses Jahres 1200 Neuer Galaktischer Zeitrechnung war die Tote Zone zusammengebrochen, hatte der Hyperraum ebenso plötzlich wieder funktioniert, wie er im Januar zusammengebrochen war. Überall auf den betroffenen Welten hatten die Maschinen ihre Arbeiten wieder aufgenommen, waren die Syntroniken in Aktion getreten.

Auch Hanatoa, die Syntronik der EMPRESS OF THE OUTER SPACE, war im Bruchteil einer Sekunde wieder einsatzfähig geworden. Sie hatte die Kontrolle über die EMPRESS OF THE OUTER SPACE übernommen und das Schiff sofort auf Heimatkurs gebracht, Richtung Terra.

Dort hatten die Menschen an Bord sehr lange warten müssen, denn es gab in diesen Stunden und Tagen Tausende von Schiffen, denen ähnliches widerfahren war wie der EMPRESS OF THE OUTER SPACE. Überall drängten sich große und kleine Raumer, ihre Crews forderten Landeerlaubnis und baten um technische oder medizinische Hilfe.

Gleichzeitig waren auf allen Hyperfunkfrequenzen die Notsignale jener Schiffe zu hören, die sich nicht mehr aus eigener Kraft bewegen konnten. Für viele dieser Schiffe galt das Gleiche wie für Hunderte anderer, die in Orbits um bewohnte Welten kreisten. Sie waren leer, die jeweiligen Syntroniken arbeiteten als Piloten, an Bord lebte niemand mehr.

Die EMPRESS OF THE OUTER SPACE entließ in die Shuttles, die bei ihr anlegten, exakt einhundertsiebenunddreißig Personen. Das waren alle Überlebenden der Luxuskreuzfahrt, zu der die EOS vor Jahresbeginn gestartet war.

Es waren seltsame Gestalten gewesen, die die EOS verlassen hatte. Alle waren sie hager gewesen, ausgemergelt, hatten abgerissene Kleidung getragen, zeigten schmale und sehr harte Gesichter, Männer wie Frauen, sogar die wenigen Kinder.

Hinter diesen Menschen lagen Wochen, über die sie nicht sprachen, die ihnen aber anzusehen waren. Wochen eines nicht enden wollenden Grauens im Inneren des stolzen Kreuzfahrtschiffs, Wochen, in denen sie ununterbrochen hatten zittern müssen, kämpfen, sich verteidigen, in denen sie ohne Pause um ihr nacktes Überleben hatten ringen müssen.

Daryl Parthenays tödliches Virus wurde nicht nur dadurch übertragen, daß man ihn aß oder trank. Er übertrug sich auch, wenn es Kratzer gab oder Bisse, und bei den Kämpfen hatte es immer wieder solche Verletzungen gegeben. Das bösartige Virus konnte auch übertragen werden, wenn sein Träger noch nicht der Verwandlung zum Opfer gefallen war, die aus ihm eine reißende, blutgierige Bestie machte.

Die Kämpfe hatten daher niemals aufgehört, weder bei Tag noch bei Nacht, Woche für Woche, Monat für Monat. Jeder Tag hatte Opfer gekostet, auf beiden Seiten; es war nicht gelungen, die Bestien in eine der anderen Sektionen abzudrängen, vielmehr waren die Fronten zwischen den beiden Gruppen niemals klar auszumachen gewesen. Hier ein Vorstoß, dort eine erbittert gehaltene Linie; mal hatte die eine, mal die andere Seite gesiegt. Immer mit Toten, immer mit neuen Opfern.

Die EOS war diesen Kämpfen nicht gewachsen gewesen, sie war langsam aber sicher zerstört worden. Licht war knapp, Nahrungsmittel waren vernichtet worden; das Wasser war zum Schluß nur noch eine brackige Brühe gewesen.

Jeden Tag hatte sich die Zahl der Überlebenden vermindert, und ebenfalls jeden Tag waren die Verhältnisse schlechter geworden. Wer beim ersten Angriff der Bestien noch geglaubt hatte, dieser Schrecken sei durch nichts zu übertreffen, der war eines Besseren belehrt worden.

Vielleicht waren die Schrecknisse dieser letzten Monate im einzelnen nicht ganz so furchtbar wie der blutige Auftakt, aber dafür hatte dieses Grauen angehalten. Es hatte die Menschen zermürbt, die Charaktere freigeätzt, die Seelen bloßgelegt. Die Überlebenden hatte sich selbst und ihre Nachbarn viel besser und intensiver kennengelernt, als man sich vorstellen konnte und viele es vertragen hatten.

Es hatte Feiglinge gegeben und Helden, Versager, deren Tolpatschigkeit andere Menschen das Leben gekostet hatte. Es hatte Menschen gegeben, die sich aufgeopfert hatten, um ihre Gefährten zu retten. Zyniker, Memmen, Kampfwütige, die in ihrer mörderischen Entschlossenheit ihren Gegner kaum nachstanden. Es hatte Menschen gegeben, die an den Nerven ihrer Mitmenschen gezerrt, sie seelisch ausgesaugt hatten, und andere, an denen man sich hatte aufrichten und Trost holen können.

Devlin Brox war einer dieser Tröster gewesen, sehr oft; woher er die Kraft genommen hatte, seinen Gefährten wieder und wieder Mut zuzusprechen, war ein Rätsel. Gharun Ferdinho war einer der Helden gewesen, die sich geopfert hatten, und in der Nacht danach hatte Devlin Brox viel zu tun gehabt, den Freunden klarzumachen, daß auch dieses Opfer nicht sinnlos war – wie der ganze Kampf, das Leiden und Sterben, das Leben überhaupt.

»Wir haben es geschafft«, murmelte Devlin in diesem Augenblick. »Ich habe es zum Schluß selbst kaum noch geglaubt, aber wir haben es geschafft!«

Lhoreda lächelte müde. »Glaubst du wirklich, daß wir besser dran sind als die anderen, die wir verloren haben?«

Brox runzelte die Stirn. »Natürlich«, sagte er. »Bist du etwa nicht in Behandlung?«

Lhoreda schüttelte den Kopf.

Seit langem war es üblich, nach solchen Katastrophen die Überlebenden psychotherapeutisch zu behandeln. Nicht nur, daß sie immer wieder an ihre Erfahrungen erinnert wurden, sie mußten sich auch mit peinigenden Selbstvorwürfen und Schuldgefühlen herumschlagen: »Warum habe ausgerechnet ich überlebt? Warum ich und nicht ein anderer?«

»Nein«, antwortete Lhoreda. »Ich will meine Erinnerungen behalten. Sie sind ein Teil meines Lebens, sie gehören zu mir.« Sie lächelte. »Ich werde schon damit fertig werden, im Laufe der Zeit.« Sie blickte auf ihre Tochter. »Und sie wird mir dabei helfen.«

Devlin Brox kratzte sich mit dem rechten Zeigefinger am Ohrläppchen. Er lächelte.

»Ganz sicher wird sie das«, sagte er leise.

»Außerdem habe ich Freunde«, fuhr Lhoreda fort. »Die besten, die man sich nur vorstellen kann.«

Einen eigentümlichen Gewinn hatte die Katastrophe ihr eingetragen. Schon immer hatte sie Menschen gut verstehen, ihre Beweggründe und Handlungen nachvollziehen können. Das hatte sich in der Zeit der Havarie sogar verstärkt. Der endlose Überlebenskampf hatte alle Masken fallen, alle Tünche zerbrechen lassen, und er hatte Lhoreda Verständnis gelehrt. Sie hatte ihre eigene Feigheit erfahren und sie den mangelnden Mut anderer verstehen lassen; sie hatte neben einem erschöpft schlafenden Kameraden gesessen und mit der schäbigen Versuchung gekämpft, ihm einen Teil seiner Essensration zu stehlen. Sie hatte auch erleben können, wie mutig sie sein konnte – nahezu das ganze Spektrum menschlicher Charaktere hatte sie selbst durchlebt und im eigenen Denken, Handeln und Fühlen erfahren.

»Ja«, sinnierte Brox. »Wir werden uns immer wieder treffen und darüber reden, was aus uns geworden ist. Was wirst du machen? Wieder als Kriminalistin arbeiten?«

Lhoreda schüttelte den Kopf. »Wahrscheinlich werde ich Terra verlassen und auf einen Siedlerplaneten gehen, nur für zwanzig Jahre vielleicht, bis meine Tochter erwachsen ist. Dann unternehme ich wieder was Neues. Und du?«

Devlin Brox zuckte mit den Achseln. »Mal sehen«, sagte er. »Vielleicht gehe ich nach Huacinera und versuche das Geheimnis der Illusionsstadt zu ergründen. Aber wir bleiben in Kontakt, bestimmt.«

Er stand langsam auf, sehr langsam.

»Was ist los?« fragte Lhoreda lächelnd. »Seit du hereingekommen bist, versuchst du mir etwas zu sagen und traust dich nicht. Dev, ich kenne dich, inzwischen wahrscheinlich besser als deine Mutter. Mir machst du nichts vor. Also, was hast du für eine Botschaft?«

Devlin Brox schüttelte den Kopf. »Nein, ich kann nicht. Ich schaffe das nicht. Glaub mir, Lhoreda …«

»Natürlich kannst du«, widersprach Lhoreda. »Du kennst mich doch gut, und du weißt, daß ich niemals lockerlassen werde. Wenn ich mir etwas in den Kopf gesetzt habe, bleibe ich dran, wie bei …« Sie hielt inne. »Es geht um Parthenay, richtig? Habt ihr ihn erwischt? Und wie habt ihr ihn trotz seiner Tarnung gefunden?«

»Wir haben ihn nicht gefunden, Lho«, brachte Devlin Brox mühsam über die Lippen. »Wir … Also, mir ist vor ein paar Tagen wieder eingefallen, was du erzählt hast. Vom ersten Tag der Havarie. Von dieser Gestalt an deiner Kabine. Ich bin zur Reederei gegangen und habe darum gebeten, daß man ein Schiff, ein kleines Schiff, zur Havariestelle schickt, um zu versuchen, diese Person zu bergen und zur Erde zu überführen.«

»Und?«

»Wir haben ihn tatsächlich gefunden!«

»Mach es nicht so spannend, Dev? Wer war es?«

Devlin Brox zitterte auf einmal am ganzen Leib.

»Thayer Brenstin. Er hatte eine Wunde am Hinterkopf. Er ist nicht freiwillig ausgestiegen, man hat ihn hinausgeworfen.«

»Thay …« Lhoreda erstarrte.

Neben ihr, in ihrem Körbchen, war ihre Tochter gerade wach geworden. Sie lag ruhig da und lachte leise.

Irgendwie klang es böse …